KB176046

이 시대의 진솔한 자기계발서

생활 속 지혜

生活
智慧

이 시대의 진솔한 자기계발서

생활 속 지혜

문재익 지음

生活智慧

지은이의 近影

★최종학력: 원광대학교 대학원 영어영문학과 박사졸업(문학박사)
(미국 뉴저지 주 Rowan Uni.어학연수. Rutgers Uni.영어교수법 수학)

★현재: 강남대학교 인문대학 영문학과 정교수
(2018년 8월 정년퇴임)
동교 한영문화콘텐츠학과 특별교수 / 칼럼니스트

★대학교육 경력(2001년~현재)

*외래교수 - 원광대학교, 단국대학교 영어영문학과,
세종사이버대학교 겸임교수

*강남대학교 보직 - 대외협력위원장(경영부총장 직무), 중앙도서관장,
- 미래인재개발대학장, 입학처장, 글로벌센터장
- 평생교육원장, 보육교사교육원장, 국제어학교육원장,

*위원회활동 - 경기도 대학국제교류처장협의회 공동의장,
한국평생교육위원회위원

- 위즈덤 교육포럼 국제협력위원장,
  법무부 이민통합위원회 위원

*학회활동(정회원) - 21세기영어영문학회, 영상영어교육학회,
영어교육평가학회
- 동서비교문학학회, 대한영어영문학회, 한국번역학회

★사회교육 경력(1976년~2000년 초)

*단과(성문종합영어), 대입재수종합반강의 전주-제일학원, 상아탑학원, 영재학원(부원장)
서울-한샘학원, 교연학원, 청솔학원(부원장)

*대학특강 영어강의: 전북대학교, 전주대학교 TOEFL 및 사법 고시영어

*인터넷 강의: 공부하자닷컴, E-mbc인터넷, 세종사이버대학 실용영어

*학원 운영(원장/이사장): 문재익입시학원(초・중・고), KIS외국어학원(미국 교과서수업)

★저서 및 논문

*대학영어교재: 대학영작문, 영어번역, 실용영문법, 영어산문, 취업영어, 실무영어, 아무진토익 등

*중・고교영어교재: 순기초영어, 영문법, 영어어휘, 영어독해연습, 영어실용필수어휘, 구문총정리 등

*한글 논문: 영어조기교육평가, 영어독해지도방안, 문법교육의 새 방향, 영어화법에 대한 연구, 영어 독해력 향상 지도를 위한 사례연구, 대학영어교육과 학습방향, 영어청취교육과 평가, 대학에서의 효과적인 실용영어교수법, 대학영어독해지도방안, 대학영작문지도방안 등

*영어 논문: Rhyme and Cultural Context in Proverb, Introspection into English Listening Training, Detoxified Protocols Reading Comprehension, Evidences of Communal Fallacies in Conventional Interpreting, The Groping for New English Teaching Strategy, Metaphorical Expressions in Economics Journalism for Better Storytelling 등

지은이의 말

27세에 전주의 입시학원에서 성문종합영어(송성문 저)강의를 시작으로 66세 강남대학교 영문과 정교수(테뉴어)로 정년퇴임까지 40여년을 강단에서 수십만 명의 학생들을 가르쳤고 그중 많은 학생들의(때론 그 학부모님들과도) 생활, 진로 및 인생 상담도 했다. 그리고 분당에서 입시학원(초・중・고)과 외국어학원(미국교과서 수업)을 운영하기도 했고 방학 중에는 영어캠프도 주재(主宰)했다. 초·중·고 재학생뿐만 아니라 대입 재수생, 그리고 대학에서는 학부학생, 대학원의 석·박사과정 학생들에 이르기까지 사교육부터 공교육에 이르기까지 각계각층의 학생들과 함께 해 온 경험을 통해서 얻고, 느꼈던 것들을 토대로「생활 속 지혜」라는 이 책을 쓰게 되었다. 그런데 이 책 45개 각 제목들의 내용들은 저자의 얘기(스토리)이며, 여러분 개개인의 얘기일 뿐만 아니라 우리 모두의 얘기일 수도 있다. 저자는 평소 강단에서 영어교육뿐만 아니라 인성교육에도 주안점을 두었다. 이를 위해 강의 준비 시 수업교재 연구뿐만 아니라 인성에 관련된 서적은 물론이고, 매일 아침 새벽잠을 깨면 맨 먼저 석유냄새 나는 주요일간지 세 곳에 나오는 오피니언 란의 사설과 칼럼을 읽는 일로 하루를 시작했다. 이때 좋은 글귀나 명문장 들을 강의 자료로 일일이 스크랩하거나 메모해두었다가 강의 시 적재적소에 활용하였다. 그것은 어학을 전공하고 가르치는 교육자로서 당연한 일이지만 무엇보다도 수강생인 피 교육자들에게는 부모님 다음으로 선생님인 교육자가 학생들의 인성(1-9 '학력과 학벌' 본문 결론에 학력과 학벌이 나무라면 인성은 토양의 자양분이라고 인성 강조)에 미치는 영향이 크고 중요하다는 신념이 확고했기 때문이다. 예를 들자면 가장 강조한 것 들 중 생활의 자세는 '성실, 정직, 그리고 지혜로운 삶'이었고, 성공을 위한 자세는 '아이디어를 떠 올리고, 정보를 수집하고 그리고 그것을 실행에 옮기는 것'이었다. 이것들만은 반드시 종강시간에 수강생들에게 주지시키며 그 강좌의 대미를 장식하곤 했다. 저자는 2018년 8월 정년퇴임 직전부터 2년 반을 넘게 글을 쓰며 이 책을 출간하기위해 준비해 왔다. 저자는 어린 시절, 청년 시절, 중년 시절을 보냈고, 그리고 지금은 장년, 노년을 보내고 있다. 연륜과 경륜의 결정체인 이 책이 남녀노소 구분없이 읽는 이들에게 귀감이 되고 삶의 지혜로 활용되어 인생의 길라잡이가 될 수 있기를 간곡히 바라 마지않는 바이다.

2020년 만추 즈음

경북 문경 산양

靑驥山房에서

목 차

제3장 노년들을 위한 생활 속 지혜

제1장

젊은이들을 위한 생활 속 지혜

1-1

행복한 삶

행복의 사전적 의미는 무엇일까?

'생활에서 충분한 만족과 살고 있는 기쁨을 느끼는 흐뭇한 상태'라고 정의되어 있다. 그렇다면 범인들이 생각하는 행복의 정의는 무엇일까? 저마다 그 대답은 다르며 특히 자신의 삶의 가치관에 따라 제각각 다르리라고 본다. 다만 공통적인 대답은 '정신적이며 육체적인 만족'을 행복이라고 정의내릴 법하다.

중국의 성현 노자는 말하기를 '행복이란 원하지 않는 곳에 있느니라'고 했다. 이것은 아예 원하지 않는 그것이 바로 행복이라고 생각해도 되겠지만 인간의 무한정한 욕심을 경계하며 올바른 정신으로 자기의 일생을 깨끗하고, 본분을 잊지 말며, 분수를 지키라는 뜻인 것 같다. 작자 미상의 「신과 인터뷰」라는 시에서 '행복은 선택이다. 행복은 가까운 곳에, 현재에 있다. 행복은 쟁취해서 얻는 먼 훗날의 결과물이 아니다. 더 자주 웃고 더 많이 사랑하고 남과 비교하지 않는 것, 지금 이 자리에서 숨 쉬고 생각하고 있는 그 자체 즉, 우리 존재에 감사하는 것, 이것이 행복이다'라는 말처럼 과거(past)는 역사(history)이며, 미래(future)는 수수께끼(mistery)이지만 현재(present)는 신이 우리에게 준 선물(present)이다(영어 present라는 단어는 "현재의"라는 의미와 "선물"이라는 의미이다.) '천국은 여기도 저기도 아닌 바로 지금 여기이다.' 즉 자신이 행복해 하고 삶을 즐긴다면 그것이 곧 행복이라는 것이다.

인간은 죽으면 한줌의 흙이나 재로 돌아가는 것이며 불가(佛家)에서 말하듯 '인생은 고해(苦海)'라고 하지만 결코 인생은 그렇게 무상한 것만은 아니리라. 적어도 인간이란 본래 사고력을 갖고 있는 동물이기 때문에 지(知)・정(情)・의(意)가 있는 것이며 우리에게 크고, 작은 별 등의 그 서열은 서로 다를지 모르지만 자신이 처한 위치에서 행복을 찾을 수 있다.

역사와 더불어 인간은 무한한 가능성을 향하여 움직여 왔으며 또 앞으로도 이 무한한 가능성을 향하여 움직일 것이고, 이런 까닭으로 인간이란 종족이 뿌리 깊게 존재할 것을 안다면 어찌 함부로 깨끗하게 길러온 자기의 마음을 아무 곳에나 던질 수 있을 것인가? 티벳 금언에 '인생이란 우리가 어떻게 하느냐에 달려있다'라는 말을 마음속에 새겨봄직하다. 인간의 행복이란 자기 마음의 소산(所産)이 아닐까? 행복은 피아노 연주나 자동차 운전처럼 배울 수 있는 기술이다. 사람은 행복해지겠다고 마음먹은 만큼 행복해질 수 있다. 행복은 지금 당장 취할 수 있는 선택이다. 그러나 행복과 더불어 성공을 추구해야만 발전이 있는 것이다. 인간의 가장 중요한 신앙은 하나님 다음으로 희망이다. 희망이 있는 자에게는 신념이 있고, 신념이 있는 자에게는 목표가 있고, 목표가 있는 자에게는 계획이 있고, 계획이 있는 자에게는 실천이 있고, 실천이 있는 자에게는 성공이 있고, 성공이 있는 자에게는 행복이 있다. 자신의 꿈, 희망, 목표를 성취해가는 것이 성공이다. 물론 사람마다 인생의 목적이 다르므로 성공은 달라지겠지만 성공한 자에게 있어 행복의 으뜸은 성취감이라 하겠다.

일생을 희생과 봉사로 바친 슈바이처 박사는 '성공이 행복의 열쇠가 아니라 행복이 성공의 열쇠다'고 말했다. 절차상의 정당성이 전제되어져야하는 것은 두말할 나위도 없지만 인간의 삶은 수레바퀴와 같아서 직업의 성공, 건강, 가정의 화목 등 여러 가치가 균형을 이루어야 성공적인 삶이라고 말할 수 있다. 진정한 의미의 성공과 행복은 불가분의 관계이며 잘 어울리는 한 쌍의 동반자이자, 서로의 가치를 더욱 빛내는 조력자이다. 그러므로 행복해서 성공한 삶, 성공해서 행복한 삶, 즉 행복한 성공을 추구하는 것이 삶의 지혜인 것이다.

1-2

지혜로운 삶

지혜란 사람, 사물, 사건이나 상황을 깊게 이해하고 깨달아서 자신의 행동과 인식, 판단을 이에 맞출 수 있는 것을 의미한다. 또한 때로는 자신의 감정적인 반응을 통제하여 이성과 지식이 행동을 결정할 수 있게 하는 것이기도 하다. 한마디로 사물의 이치를 빨리 깨닫고 사물을 정확하게 처리하는 정신적 능력으로 동의어에 통찰(洞察), 안목(眼目)이 있다. 아리스토텔레스는 그가 쓴 「형이상학」에서 지혜란 '원인을 이해하는 것'이라고 정의했는데 이 말은 '원인을 이해하는 과학이 모든 것의 출발'이라는 것이며, 고금동서 구별 없이 공통적으로 지혜란 '정확한 정보와 인식을 바탕으로 먼저 많은 양의 지식을 얻고 그것을 제대로 정리하여 올바른 판단을 내리는 힘'이라고 본다.

사자성어를 통한 인생의 지혜는 제행무상(諸行無常: 태어나는 것은 반드시 죽는다. 하루하루, 후회 없는 삶을 살자)와 회자정리(會者定離:만나면 헤어짐이 세상사 법칙이요, 진리다. 인생살이는 쉼 없는 연속적인 흐름임을 깨달아야 한다)가 있고 원증회고(怨憎會苦:세상 살면서 미운사람, 싫은 것, 바라지 않는 일 반드시 만나게 된다. 매사를 긍정적으로 살자)와 구부득고(求不得苦:구하고자, 얻고자, 성공하고자. 행복하고자 하지만 세상사 내가 마음먹은 대로 다 이루어지지 않는다. 그러므로 욕심을 비워야 한다)가 있다.

인간의 지혜가 탈무드라는 경전을 낳았고, 인간의 지식이 대륙간 탄도탄을 만들어 냈다. 지식은 새롭게 날마다 발전해 가지만 지혜는 예나 지금이나 별반 차이가 없다고 유대인들은 믿어 수 천 년 전에 만들어진 성서와 탈무드를 학습하여 생활규범 및 세상살이의 지혜를 구해 왔다.

탈무드의 많은 내용에서 인생의 지혜를 구할 수 있는 몇 가지를 보면 다음과 같다. '첫째, 그 사람의 입장에 서기전에는 욕하거나 책망하지 말라. 둘째, 눈이 보이지 않는 것 보다 마음이 보이지 않는 쪽이 더 두렵다. 셋째, 물고기는 언제나 입으로 낚인다. 인간도 역시 입으로 걸린다. 넷째, 남들에게 범한 자신의 잘못은 큰 것으로 보고 남들에게 당한 큰 잘못은 작게 보아라. 다섯째, 반성하는 자가 서 있는 땅은 훌륭한 성자가 있는 땅보다 거룩하다. 마지막으로, 세상에서 가장 행복한 남자는 좋은 아내를 얻은 사람이다.'

중국의 정치 사상가였던 한비자에게서 배울 인생지혜 몇 가지를 보면 다음과 같다. '첫째, 세상에서 진실로부터 도망칠 수 있는 사람은 없다. 둘째, 비상한 용기 없이는 불행의 늪을 건널 수 없다. 셋째, 가장 견고한 감옥은 우리 스스로 만든다. 넷째, 좋은 일이 일어나는 데에는 시간과 인내가 필요하다. 다섯째, 같은 행동을 반복하면서 다른 결과를 기대할 수 없다. 마지막으로 만족할 줄 모르는 것보다 더 큰 재앙은 없다.'

철학적 이념을 현실 속에서 능동적으로 구현하고자 했던 스토아 철학의 대표인 에픽테토스는 '세상만사가 자신의뜻대로 이루어지기를 허황되게 바라지 말고 자신의 의지와 상관없이 벌어지는 모든 현실에 뜻과 바람을 맞추라'는 말은 '허황된 꿈을 버리고 현실을 직시하라'는 가르침이다. 프랑스의 인상파 화가 모네의 일생에서 배울 인생지혜는 그의 작품 활동에서 보여주듯 '열정, 애정 그리고 인내'였다. 오스트리아 정신과 사회복지사이며 가족치료와 이야기치료에 관한 글들의 작가인 화이트는 '죽음이 두렵지 않음을 아는 순간에 삶의 방법을 알기 시작한다.'라는 말에서 어쩌면 우리는 노년에 이르러서야 제대로 된 삶의 방법을 알게 되는 것 같다. 로마의 철학자 세네카가 말한 '당신의 인생이 만족한 것이라면 당신의 인생은 영원한 것이다.'라는 말에서 인생지혜의 으뜸은 '만족'인 것 같다

꽃이 자신을 자랑하지도 남을 미워하지도 않는 것처럼, 세상을 아름답게 살려면 꽃처럼 살아야하고, 바람이 어떤 그물에

걸리지도 않고 험한 산도 아무 생각 없이 쉽게 오르는 것처럼 세상을 편안하게 살려면 바람처럼 살아야 한다. 무지개는 잡을 수 없기에 더 신비롭고 꽃은 피었다 시들기에 더 아름다우며 젊음은 붙들 수 없기에 더 소중하듯 우리네 인생도 죽음이 있기에 살아있다는 것이 더 소중한 것이다. 수 천년 인류역사동안 과거에 비해 오늘날 물질문명은 현격하게 발전하고 발달 되었지만 인생을 살아가는 지혜는 별반 차이가 없으므로 선인(先人)들의 지혜들을 독서를 통해 교훈으로 삼아 살아가는 것이 진정한 삶의 지혜가 아닐까?

끝으로 한권의 책을 추천한다. 중국의 시사평론가 장지엔펑이 쓴「인생의 지혜가 담긴 111가지 이야기」로 한국어 번역판도 나와 있다. 우리가 익히 들어서 알고 있는 인물들은 물론 다소 생소한 인물들의 일화들까지 다양한 에피소드와 생활의 지혜가 담겨져 있다.

1-3

젊은이들에게 주는 글-
자수성가 1

자수성가(自手成家)와 입신양명(立身揚名)의 사전적 의미는 무엇일까?

자수성가는 '물려받은 재산 없이 스스로의 힘으로 어엿하게 한 살림을 이룩하는 일'이며, 입신양명은 '사회적으로 인정을 받고 높이 되는 다시 말해 사회적으로 기반을 닦고 출세하여 이름을 세상에 드날린다'는 말이다. 둘 중 더 성공적 의미는 입신양명이지만 한사람 일생의 가치면 에서는 타고난 두뇌나 자질보다는 자신의 힘만으로 목표를 달성하기 위하여 노력하는 노력형 인간의 자수성가일 것이다. 자수성가란 꼭 재정적 부자가 되는 것만을 의미하는 것은 아니며, 또한 노력하는 모든 사람이 다 자수성가할 수 있다고 말할 수는 없다. 부모가 물려준 물질적인 유산은 없어도 강인한 정신력, 강건한 체력, 근검 절약정신이 있고 역경을 이겨낸 경험을 들려준 이야기나 인내심을 길러주고, 신용을 잘 지키도록 가르쳐준 간접적인 부모교육의 효과가 필요하기도 하다. 그러나 중요한 것은 본인 스스로 삶에서 느끼고, 다짐하고, 행동하며 살아가는 삶의 자세가 더 필요하다 하겠다.

성공은 노력과 운이 따라야 하지만, 노력하고 있는 자 에게만 운은 따르는 법이다. 1986년 노벨문학상을 수상한 나이지리아 소잉카에게 수상계기를 물었더니 대답하기를 '질(質), 타이밍, 운'이라고 했다. 주변 성공한 사람을 한번 자세히 지켜보면 분명 그 사람은 보통 사람들과 다른 면이 분명히 있을 것이다. 바로 그 분야에서 성공할 수밖에 없는 장점들이 있는 것이다. 과거와 현재의 성공한 사람들의 공통점은 시대흐름에 따른 변화의 핵심을 짚어내고 이것에 맞는 새로운 생각과 방법이 무엇인지 냉철히 분석하여 변화의 흐름에 신속하게 대응하는 것이다. 자연과학자인 찰스 다윈은 '이 세상에서 변치 않는 것은 모두 변한다는 그 하나밖에 없다'고 말했다.

성공을 위해서는 맨 먼저 목표하는 일이 첫째, 적성에 맞는가? 둘째, 돈벌이가 되겠는가? 셋째, 장래성이 있겠는가? 꼼꼼히 따져 보아야 한다. 그리고 그 분야에 대한 충분한 지식, 그리고 경험과 피나는 노력, 신용과 믿음, 배신을 멀리하고 은혜를 갚을 줄 알며, 감사하는 자세가 필요하다. 자신의 노력으로 이룬 자수성가는 아름다운 것이며 어느 누구에게도 자랑할 수 있는 바람직한 모습이라는 것은 두말할 나위도 없는 것이다. 가진 것 없이 몸 하나로 어느 한 분야에서 성공스토리를 듣거나 볼 때 우리는 분명 흥분되는 마음을 감출 수 없는 것이다.

이스라엘 속담에 '계속해서 햇빛이 비추이면 사막이 만들어질 뿐이다'라는 말에서 풍만한 생활은 오히려 삶을 단조롭고 무미건조하게 할 뿐이다. '가장 위대한 인물은 가장 가난한 사람이었다'고 미국의 사상가이자 시인인 에머슨은 말했다. 이는 곧 빈곤은 사람을 위대하게 만든다는 것이다. 확실히 가난은 자랑은 아니나 부끄러운 것은 더욱더 아닌 것이다.

수많은 사람은 자신의 환경을 탓한다. 그러나 우리의 환경은 자신이 올라야할 디딤돌이며 인생항로의 바람이자 조수인 것이다. 노련한 선원이 바람과 조수를 이용하듯 우리 인생의 행복과 성공은 자신의 환경이 아닌 바로 나 자신에 있는 것이다.

- 이어지는 후반부 내용은 다음 자수성가2에 계속 됩니다-

1-4

젊은이들에게 주는 글-자수성가 2

-자수성가1 전반부 내용에 이어 계속 됩니다-

성공을 위해서는 먼저 목표를 설정해야 한다. 그리고 문제가 생겼을 때 그 문제가 아무리 어렵고 힘들더라도 절대로 중단하지 말아야 한다. 인생의 가장 큰 영광은 결코 넘어지지 않는 데 있는 것이 아니라, 넘어질 때마다 일어서는 데 있는 것이다. 끊임없는 노력만이 성공의 보상(1954년 노벨상을 수상한 미국의 소설가 헤밍웨이는 '나는 어쩌다 성공한 것이 아니라 인고의 힘든 과정을 통해 성공에 이르렀다'고 말했다.)이라는 각오 아래 성실히 노력하며, 자기불신은 실패의 가장 큰 원인이라 생각하고 매사에 자신감을 갖고 생활해야 한다. 또한, 결코 남의 것을 욕심내지 아니하며, 부모나 동기간에게 의타심을 갖지 아니하며, 남을 무너뜨리고 일어서려는 마음보다는 스스로 일어서는 인격을 갖추어야 한다(헤밍웨이는 '성공에서 중요하고 없어서는 안 될 것이 인격, 즉 품성이다'라고 말했다). 그러기 위해서는 마음속에는 열정을, 행동에는 용기를, 어려울 때는 끈기를, 그리고 자존심이 꺾일 때는 때로 오기도 가져야만 한다.

자신이 고생해서 삶을 이룩한 사람이라면 그렇지 않은 사람보다 훨씬 더 삶의 가치를 느낄 수 있다. 그러나 본래 사람 됨됨이 훌륭해도 가난해선 인생이 별로 편할 수 없으며, 사람 됨됨이 훌륭하지 않고는 물질이 아무리 풍요로워도 결코 안심자족 할 수 없는 것이므로 더욱더 중요한 것은 그 사람 됨됨이일 것이다. 노자가 가르치기를 '사람은 살면서 지족(知足: 만족할 줄 안다)하고 지지(知止: 멈출 때를 안다) 할 줄 알아야 한다'는 것이다. 본래 인간이 조금 풍요로워지면 지난 어려웠던 시절을 망각하고 사치와 낭비, 방탕한 생활로 자신의 신체까지도 망치게 되므로 그 무엇보다도 자신을 절제할 수 있어야 하겠다. 고생한 자만이 인생을 더 많이 향유할 수 있다는 말이 있다. 쌀의 소중함과 따뜻한 이부자리를 갈구해 보지 못한 자, 어찌 진정한 삶의 가치를 안다 하리오. 스스로 이루어 삶의 가치를 깨닫고, 주위에 베풀며, 자신의 능력을 시험 삼아 나무 가꾸듯 꿈을 키워가는 것이 진정한 삶의 지혜이며 가치가 아닐까?

젊은이들이여!

1)부모, 형제, 주변 사람들에게 의타심을 버려라.

의타심은 자기 파멸과 나태를 낳게 되는 것이리라.

나태함, 그 순간은 달콤하나 그 결과는 비참한 법이다.

2)큰 꿈을 향해 노력하며 좌절하지 마라.

자격이나 실력을 갖추고 기다리면 기회는 반드시 오는 법이다.

아무리 짙은 안개라도 정오를 지나지 않는 법이며, 캄캄한 암흑이 걷히고 먹구름이 끼어있어도 기다리면 밝은 태양은 뜨고, 아무리 긴 터널도 반드시 끝은 있는 법이다.

3)목표를 설정하라.

목표를 설정하면 정보를 수집하고, 아이디어를 떠올리고, 그것을 반드시 실행하라.

목표의식을 갖고, 생각하고 행동하면 반드시 이루어지리라.

생각은 행동을 낳고, 행동은 습관을 낳으며, 습관은 운명을 만들어 성공을 낳게 되는 법이다.

인생은 단거리가 아닌 장거리 경주로 이 세 가지를 마음에 간직하고 실행해보아라.

지금은 빈손이지만 반드시 자수성가 하게 되어 자랑스럽게 주변에 외칠 수 있으리라. **'난 자수성가 했다!!!'**

1-5

대학인들에게 주는 글

대학교육은 장차 자기실현을 할 수 있는 인간을 길러내는 데에 그 최종적인 목표를 설정하고 있다. 대학교육 4년 또는 6년의 과정을 거쳐 사회에 나서는 한 인간이 그 사회와 민족 내지는 국가, 인류사회의 발전을 위해서 자기를 실현할 수 있는 유능한 인간을 만들어내는 것이 대학교육의 목적이요, 그 목표라고 할 것이다. 그런데 대학교육은 이 목적 내지는 목표를 달성하기 위한 방편으로써 두 개의 채널을 가지고 있다. 하나는 전문(전공)교육이고 다른 하나는 교양교육이다. 이 두 채널 중 어느 쪽에 더 비중을 두어야 할 것인가? 스위스 교육자인 페스탈로치의 '직업인이 되기 전에 인간이 되도록 교육하라'라는 말에서 대학교육의 목표를 짐작할 수 있다. 이렇듯 대학교육 과정에서 전문(전공)교육과 교양교육 중 어느 채널에 더 비중을 두어야 할 것인가는 자명한 일이다.

그렇다면 교양이란 무엇인가? 교양이란 인격 생활을 고상하고 풍부하게 하기 위하여 지(知), 정(情), 의(意)의 전반적인 발달이 이루어지도록 하는 일이며, 그렇게 해서 체득된 내용을 말한다. 그렇기 때문에 교양 있는 사람은 무엇보다도 먼저 그 인격에 품위가 있어야 하고, 언어가 고상하고 행동에 예절이 있어야 한다. 대학은 지성적 교양인의 집단이며 문화인의 요람을 말한다. 특정한 지식이나 기술을 습득하여 취업을 도모하게 하는 직업학교와는 달리, 대학 생활의 전 과정을 통해 이상적 가치관과 인생의 목표를 눈앞에 바라보면서 함께 토론하고 함께 추구하는 가운데 스스로 고매한 인격으로 형성해 가는 차원 높은 삶의 도정(擣精)인 것이다.

흔히들 대학교육이 전공교육 중심이냐? 교양교육 중심이냐? 라고 묻는다. 전공은 평생 배우고 익힐 수 있기에 전공교육 못지않게 교양교육이 더 중요하다고 말하고 싶다. 교양교육의 핵심이 되는 사항은 첫째, 외국어 실력 배양이며, 둘째, 문화 체험을 위한 여행 경험이라고 할 수 있으며, 셋째는 독서를 통해 견문을 넓히고 다양한 삶을 경험할 수 있도록 교육 및 학습되어야 한다. 다시 말해 대학 생활은 외국어 공부 많이 하고, 여행 많이 다니며, 책 많이 읽어야 한다는 것이다.

외국어란 무엇인가? 학력의 상향평준화와 더불어 인재풀이 커짐에 따라 점점 기업들이 원하는 사람들은 '슈퍼맨이 아닐까?'라고 생각될 정도로 다방면에 뛰어난 사람이 되어야 한다. 그중에서 기본적으로 갖춰야 할 능력이 외국어가 되어가고 있는 추세이다. 외국어를 잘한다고 당장의 이득은 미미하지만, 외국어를 못 함으로써 얻는 불이익은 시간이 갈수록 점점 커진다. 외국어 공부를 열심히 하면 인생에서 보이지 않던 더 많은 선택의 기회가 올 수도 있다. 단, 요령껏 열심히 해야 한다. 공부를 제대로 하는 방법을 찾아야 한다. 너무들 눈앞에 있는 취직 등에 얽매이지 말고 큰 그림을 가지고 외국어 공부에 대한 계획을 수립하여 단계별 학습과 규칙적인 생활을 습관화해야 한다. 유대인의 5천 년 지혜이며 정신의 샘터인 탈무드의 자녀 교육법 중 하나가 '몇 개의 외국어를 할 수 있도록 어릴 때부터 습관을 들여야 한다.'이다. 글로벌 경쟁 사회에서 살아남고 더 많은 인생의 선택 기회를 부여받기 위해 영어뿐만 아니라 일본어나 중국어 중 하나도 능통해야 하겠다.

여행이란 무엇인가? 여행은 만남이고 발견이며, 낯선 고장, 낯선 사람, 낯선 문화, 그 만남의 궁극은 결국 나 자신과의 만남이라고 여행전문가들은 말한다. 여행을 통해 발견하는 새로운 자아, 그것이 바로 여행의 진정한 매력이라고 한다. 동행이 있다면 더욱 기쁘고 행복하겠지만, 혼자만이라도 여행을 할 수 있는 여유로움을 만드는 것도 자기 변화를 위해서 유의미하지 않을까 생각해 본다. 인도 철학자 브하그완의 말이 있다. '여행은 그대에게 세 가지의 이익을 줄 것이다. 하나는 고향에 대한 애착이고, 다른 하나는 다른 곳에 대한 지식이며, 또 다른 하나는 자기 자신에 대한 발견이다.' 여행은 기다림을 배우고 나와의 시간을 갖게 되며 다양한 사람들을 받아들일 수 있는 열린 마음과 여유를 누리게 해준다. 흔히 여행은 인생에 비유되곤 한다. 사람들이 여행을 갈망하는 이유는 여행 과정이 인생에 대한 안전한 축약본이기 때문은 아닐까? 길 위에서 언제 어떤 돌발 상황에 맞닥뜨리게 될지 예측 불가능하다는 점에서 여행과 삶은 일견 닮은꼴인 것도 같다. 선진국 여행에서는 자신의 시야를 넓혀주고 꿈과 이상을 높여줄 것이며, 도서 벽지나 오지 여행은 자연의 아름다움, 안분지족의 행복, 그리고 자신이 지금 얼마나 편한 삶과 문명의 이기를 누리고 있나 깨우쳐 감사의 마음을 느끼게 할 것이다.

독서란 무엇인가? 우리의 삶은 항상 많은 지식을 요구하고 있다. 특히 오늘날과 같이 급변하는 사회 속에서 이 현실 사회에 낙후되지 않는 인간이 되기 위해서 보다 폭넓은 지식의 소유가 더욱 절실히 요구되고 있다. 따라서 독서는 인간의 생활 경험을 확장시키고 우리들의 생활 과제를 해결해 주는 수단이 되고 있다. 독서는 간접 체험을 통해 자기 인생의 폭을 넓히고 자신의 직접적인 체험을 예리하고 정확하게 만들어 준다. 결국 바람직한 인격 형성을 이룩하는 데 독서의 목적이 있다. 인간은 생각하기 위한 지식을 독서에서 구하고, 생각하는 방법 또한 독서에서 배우고, 독서와 더불어 생각하게 될 때 비로소 사물에 대한 이해와 판단이 빠른 폭넓은 인간으로 성장하게 되며, 나아가 새로운 것을 창조해 낼 수 있는 창의력을 가질 수 있게 된다. 그리고 창의력은 바로 지식, 인성, 그리고 감성이 어우러져야 이루어지는 것이다. 평생 동안 인생을 행복하게 살아가기 위한 세 가지 습관이 있다면 명상, 보시(布施, 남을 돕는 것), 그리고 마지막으로 가장 중요한 독서의 습관이다. 습관이란 원래 금방 이루어지는 것이 아니므로 어려서, 그리고 젊었을 때부터 버릇이 되어야 평생 동안 습관이 되는 법이다. 원래 생각이 행동과 말이 되며, 행동과 말이 습관이 되고, 영국의 철의 여인인 대처여사의 말처럼 '습관이 사람의 성공과 실패를 좌우하는 운명'이 된다. 소설가 이태준은 그의 산문에서 '책이란 감정과 정신, 그리고 사상의 의복이며 주택'이라고 했다. 또한 '인공으로 된 모든 문화물 가운데 꽃이요, 천사이며 제왕'이라고 예찬론을 펼쳤다.

대학인 여러분!

교육과 학문의 탐구, 인격 도야의 기회가 자주 오는 것은 아니다. 대학 4년이 정규과정으로서의 마지막 수학 기회가 되고 인생행로를 결정짓는 중대 시점이 될지도 모른다. 그리고 처음의 차이는 얼마 되지 않을지라도 시간이 흐름에 따라 그 간격은 점점 커질 것이다. 이 중요한 사회의 출발에 선 여러분을 마음껏 축복하며 다음에 오는 영광의 결실이 더욱 소중하기에 글로벌 경쟁에서 살아남고, 더 많은 인생의 선택 기회를 부여받기 위해 외국어 공부 많이 하고, 다양한 사람들을 만날 수 있는 기회를 부여받기 위해 여행도 자주 다니길 바란다. 그리고 대학 생활에서 가장 중요한 두 가지, 학문의 연찬과 자기 수양으로서의 책 읽기, 독서에 불굴의 노력을 촉구해 본다.

1-6

성공의 요건(要件)들

성공(成功)이란 '스스로 목표로 한 일을 성취함, 또는 수많은 사람들이 열망하는 목표를 이루어 낸 상태'라는 주체가 두 개다. 의미 자체는 많은 것을 의미하며 단순히 작은 일에 대한 성취부터 시작해서 거대한 프로젝트를 달성하는 것까지, 자신이 원하는 바를 이루어 내는 것이 성공이다.

일반적으로 사람들은 성공을 자신의 권력과 부를 쌓고, 사회적 명성을 얻거나, 큰집, 값비싼 차등 폼이 나는 세상을 사는 것이라 생각하고 불법이나 부정을 저지르고, 다른 사람을 속이고 협박을 해서라도 돈만 많이 벌거나 출세만하면 그만이라고 생각하고 행동한다. 그러나 성공이란 한자 뜻풀이를 해보면 이룰성(成) 공덕공(功), 즉 '공덕을 쌓는 것'으로 사람들에게 덕

(德)을 많이 베푸는 것이기도 하다.

미국의 사상가이자 시인인 에머슨은 '성공이란, 자주 그리고 많이 웃는 것, 현명한 이들에게 존경받고 아이들에게 사랑 받는 것, 정직한 비평가의 찬사를 듣고 친구의 배반을 참아 내는 것, 아름다움을 식별할 줄 알며 타인에게서 최선을 발견하는 것, 건강한 아이를 낳아 올바르게 기르고 한 평이라도 정원을 가꾸어 환경을 바꾸는 것, 자신의 이전 세대보다 세상을 더 살기 좋은 곳으로 만드는 것, 자신으로 인해 한 사람이라도 행복해 지는 것'이 진정한 성공이라고 했다.

요즈음 회자(膾炙)되어 지고 있는 나잇대 별 성공한 인생 '10대는 성공한 아버지를 두었으면 성공, 20대는 학벌 좋으면 성공, 30대는 좋은 직장 다니면 성공, 40대는 2차 쏠 수 있으면 성공, 50대는 공부 잘하는 자녀 있으면 성공, 60대는 아직 돈 벌고 있으면 성공, 70대는 건강하면 성공, 80대는 본처가 밥 차려주면 성공, 90대는 전화 오는 사람 있으면 성공, 100세는 눈뜨면 성공'은 세속적 이야기로 들리기도 하지만 그 나름대로 이치에 맞는 말인 것 같다.

모든 사람들, 특히 청춘의 젊은이들은 다음과 같은 궁금증을 갖고 있을 것이다. 성공이란 무엇인가? 왜 성공해야하나? 진정한 성공이란 무엇인가? 어떻게 해야 성공할 수 있나? 아마도 이중에서 마지막 질문이 가장 큰 관심사 일 것 같다. 그렇다면 우리의 성공 요건에는 무엇들이 있을까?

첫째, 가정교육과 학교교육이다. 무엇보다 중요하고 기본인 어떤 부모와 어떤 스승을 만났는가?이다. 바로 올바른 가치관과 품성, 즉 어떤 인성을 지녔느냐이다. 둘째, 꿈이다. 원대한 꿈이면 더욱 좋고 실현가능성이 있어야 한다. 꿈이야 말로 성공인생의 핵심이다. 셋째, 꾀이다. 꾀란 일을 잘 꾸며 내거나 해결해 내는 묘한 생각이나 수단의 의미로, 즉 계획이란 말로 꿈이 있는 사람이라면 반드시 성공인생에 대해 계획을 세워야 한다. 그것은 마치 건축 시공에 앞서 정밀한 설계도와 같다.

넷째, 끼이다. 끼란 재능이나 소질이란 말로 자신의 달란트를 찾아내어 꿈을 실현 하겠다는 강한 용기와 의지로 몰입, 미쳐야한다. 한자 성어에 약여불광종불급지(躍如不狂終不及之)라는 말은 '미치지 않고는 아무것도 이루지 못 한다'는 말이다.

다섯째, 깡이다. 깡이란 악착같이 버티어 나가는 의미로 뒤로 물러날 길이 없다는 각오로 전진하는 적극적인 삶을 사는 자세이다.

여섯째, 끈이다. 끈이란 연줄이라는 의미로 인연이 닿는 길, 자신의 꿈에 맞추어 인적네트워크인 인맥을 잘 관리하고 쌓아가는 것이다.

일곱째, 꼴이다. 꼴이란 사람의 모양새나 행태로 특색 있는 교육이라는 말이기도 하며 자기만의 색깔, 자신의 장점에 개성을 더하여 개발하는 것이다. 여덟째, 철저한 자기관리이다. 단정한 용모와 분위기에 걸맞은 옷차림, 주변사람과의 원만한 유대와 친화력 그리고 배려는 노력만큼이나 중요하다 . 아홉째, 주도성이다. 주도성이란 주도적 입장에 서는 성질이나 특성으로 솔선해서 하는 것 이상으로 책임도 질수 있어야 한다. 마지막으로 생활 습관과 사고방식이다. 성실, 정직, 지혜롭고 솔선수범하는 자세, 그리고 긍정적사고, 강한 신념과 집념, 그리고 부정과 불의에 타협하지 않으며, 설령 하다 실패해도 실망하거나 좌절하지 않고 다시 일어서는 오뚝이가 되어야한다.

사람은 왜 성공하려 하는가? 바로 행복한 삶을 영위하기 위해서이다. 그렇기 때문에 공부도하고 일도하고, 그리고 돈도 벌고 출세도 하려한다. 모든 일에 있어 우리네 생활 속에서 필요한 세 가지는 첫째. 아이디어를 떠올리고 둘째, 거기에 맞는 정보를 수집해서 종합 분석하여, 마지막으로 실행에 옮겨야 한다. 바로 자신의 성공, 목표달성을 위해 이 세 가지를 적용하는 것이 삶의 지혜중 하나이다.

끝으로 명언하나를 인용한다. "성공의 비결이라고 할 만한 것 하나를 소개하면 '집중'하는 것이다. 성공하는 사람들은 '중요한 것부터 먼저하고 한 번에 한 가지 일만 수행'한다" 미국의 경영학자 피터 드러커의 말이다.

1-7

인생급제를 위한 목표와 집념

급제(及第)의 사전적 의미는 역사적으로 '과거시험에 합격됨'인데 오늘날에 적용하면 시험에 합격하거나 통과 의례를 거쳐 사회적 지위를 얻게 되는 것으로, 자신의 목표가 성취되어 성공이나 출세하는 것이다.

보통 사람들은 학교의 우등생이 사회의 낙제생이며 학교의 낙제생이 오히려 사회의 우등생이라는 말을 한다. 이는 공부하기 싫어하는 젊은이들이 갖는 한갓 자연의 변이라고 하겠지만 그 나름대로의 진리가 담겨 있는 것 같다. 희랍의 어느 철인이 천문학에 열중하여 하늘의 별만 보고 걷다가 개울에 빠졌을 때에 지나가가던 노파가 '이 사람아! 자기 발밑도 못 보는 주제에 수억만리 떨어진 별의 세계를 어떻게 알겠다고…'라고 놀렸다는 얘기가 있다. 우등생이란 어쩌면 이렇게 먼 앞날만을 바라보고 별을 쫓는 격으로 인생을 살아가다가 바로 눈앞에 있는 개울을 못 보는 경우가 있지 않을까 생각해 본다. 인간은 누구나 한번밖에 없는 죽음을 아끼고자 하는 욕망이 있으며, 그 죽음을 얼마나 값지게 맞이할 것인가를 바라보며 공부도하고 돈도 벌려고 한다. 옆도, 뒤도 돌아보지 않는 우등생이 때로는 사회에서는 여름밤의 부나방과 같은 낙제생이 될 수도 있지만, 눈앞에 닥친 시험을 두고도 괘념치 않고 친구들과 함께 호연지기(浩然之氣)(?)를 기르는 그 기백이 급기야는 사회에서 성공의 모체가 될 수도 있다.

생활이 복잡해짐에 따라 대인관계도 복잡해져 필연적으로 발달되어 가는 호화로운 의상이나 세련된 말솜씨, 남에게 호감을 주는 몸가짐 등이 각 개인의 가치관이나 취향에 따라 그 느낌이나 견해에 차이가 있겠지만, 꾸밈이 지나치면 아름다움 보다는 추하거나 천하게 느껴지게 되므로 여기에는 중용의 도(道)가 그 척도가 된다. 인간은 보통 정직하면 소박하고, 소박하면 정직한 법으로 생활 속에 꾸밈없고 순수한 소박함이 깃들어 있어야 하겠다.

코일 한 가닥, 스위치 하나로 달나라에 가고 못 가고를 결정하는 각박함을 요구받는 현실 속에서 아무것도 보지 않고 그날그날의 발걸음을 반추하며 생활하는 사람은 다분히 인생의 낙제생 요인을 가지고 있을 수 있지만, 그렇다고 먼 하늘만 바라보는 철학자의 아이러니를 받아들일 수 는 없다. 제 나름대로의 주어진 삶에서 목표를 세워 집념으로 살아가는 길, 그것이 바로 인생 급제의 길이 아닐까 생각해 본다. 왜냐하면 목표가 있는 삶은 자유하고 행복하며 천지기운이 도와 자신이 설정한 목표를 달성 할 수 있기 때문이다.

좋은 목표를 세우기 위해서는 자신의 삶을 스스로 설계하고 실천하며, 스스로 선택하고 책임 져야 하는 것이다. 좋은 목표는 자발적이며, 주도적으로 가고 싶은 길 이어야하며, 사회적으로 되고 싶은 사람이 되어서 세상을 이롭게 하는 것 이어야 한다. 또한 자기 분수에 걸맞고, 나와 남들에게 유익해야하며, 현실적으로 실현가능해야 한다. 그런데 참되고 아름답고 좋은 목표를 세우기 위해서는 원하는 뜻대로 세우는 것이 중요하지만, 이루는 것이 더욱 중요한 것이다. 목표를 세웠으면 목표를 점검하고 평가해 보아야 하며, 주도적으로 실행하여 성취할 수 있는 목표 인가, 자신의 신분을 높이고, 만족할 것인가, 가족들과 주변의 인정과 지원을 받을 수 있는가, 진선미를 실현하고 행복할 수 있는가?를 자문해 보고, 그렇다고 자신 있게 대답할 수 있다면 그 목표를 향해 몸과 마음을 바칠 가치가 있으며, 반드시 현실에서 그 목표는 이루어질 수 있는 것이다.

야망, 꿈을 실현하는 것은 남들이 보지 못하는 것을 보며, 결코 중도 포기하지 않으며, 기회 앞에서 결코 주저하지 않으며, 눈에 보이는 성공에 집착하지 않으며, 뚜렷한 목적을 내세우며, 보편적 가치를 위반하지 않으며, 품위가 있어야 한다. 그리고 거기에 가장 기본이 되는 것은 바로 집념이다. 재능이나 운보다 중요한 것은 그 사람의 마음과 됨됨이, 그리고 끝까지 해내고자 하는 집념이다. 집념이란 한가지일에 매달려 마음과 행동을 쏟아 붓는 것으로 집념이 없으면 결코 성공은 다가오지 않는 법이다. 사자성어에 일념통천(一念通天)이라는 말은 '한마음으로 정성을 다해 노력하면 그 뜻이 하늘에 통해 어떤 일 이든 성취된다.'는 의미이다.

자신에 걸 맞는 목표를 세워 항상 긴장하고 깨어있으면서, 흔들리지 않는 집념으로 목표를 향해 살아가는 것, 이것이 인생급제를 위한 삶의 지혜가 아닐까?

1-8

처세(處世)

처세란 무엇인가? '사람들과 살아감, 또는 그런 일'을 의미하며, 처세술이란 '세상을 살아가는 꾀'이다. 이 범주 안에 처신이나 처세상이라는 말도 포함된다. 처세의 한자 뜻은 내가 세상에 위치해 있다. 또는 세상에서의 나의 위치이지만 세상을 살아가는 방법이나 수단, 처세술을 의미하기도 한다. 즉 한 개인이 세상 사람들과 상호작용인 사귀고 거래를 통하여 관계를 짓고 살아가는 방법이나 기술이다. 셰익스피어의 희곡작품 「리어왕」의 대사 '있다고 다 보여주지 말고, 안다고 다 말하지 말고, 가졌다고 다 빌려주지 말고, 들었다고 다 믿지 말 것'은 자기통제와 겸손함, 냉철함과 상대방을 향한 존중 등 상대방과 관계를 지킬 수 있는 지혜로운 처세술은 없을 것이다.

사실 처세라는 것은 진리보다는 이해관계에 중점을 둔 행위이다. 다시 말해 실리를 추구하는 행위인 것이다. 합리적으로 생각할 때 싸워야할 가치가 있고, 승산이 충분이 있어야하며 전체적으로 얻게 되는 실 이익이 충분할 때 이세상은 처세이며 나에게 이득이, 구체적으로 돈이 되느냐가 무엇보다도 중요한 것이다. 성공적인 자아실현을 한 사람들을 분석해 보면 대부분 '원만하고 안정된 인간관계'가 결정적인 역할을 하였다고 한다.

사자성어를 통한 처세법은 어떠한가? 견리사의(見利思義:눈 앞의 이익보다 양심과 적법함, 그리고 의리를 생각하다.)하고 개선광정(改善匡正:잘못은 고쳐 바르게 하다.)해야 하며, 유비무환(有備無患:미리 준비해 두면 근심이 없다.)하고 공명정대(公明正大:모든 행동을 사사로움과 부끄러움 없이 떳떳하게 하다.) 해야 하며, 외유내강(外柔內剛:표정은 부드럽게, 뜻은 분명히 하다.)하고 눌언민행(訥言敏行:말은 생각하여 천천히 하고 실천은 재빨리 하다.)해야 한다. 그리고 가장 중요한 것은 시불가실(時不可失:때는 한번가면 돌아오지 않는 법. 적당한 때, 기회를 놓치지 않는다.)해야 한다.

'온화한 말'을 들으면 옥을 지닌 듯 마음이 편안해 지고 '이익이 되는 말'을 들으면 재물을 얻은 듯 마음이 든든해진다. 이익에 따라 변하는 세상을 살아가는 우리에게 인생을 깨닫고, 또 처세에 도움이 되는 것은 '말과 행동'이다. 그렇다면 '말과 행동'의 뿌리는 무엇인가? 바로 '생각'이다. 생각이 말과 행동을 낳으며 말과 행동이 우리의 습관을 만들어 운명을 결정짓게

돼 성공과 실패로 갈라지게 되는 법이다. 애드워드 조지 얼리 리튼은 '좋은 음식이라도 소금으로 간을 맞추지 않으면 그 맛을 잃고 만다. 모든 말과 행동도 음식과 같이 간을 맞춰야한다. 말과 행동을 시작하기 전에 먼저 생각하라. 생각은 인생의 소금이다'고 말 했다. 또한 제갈공명은 '과장되거나 흥분하지 않고 차분하게 말하는 것은 좋은 품격이요, 훌륭한 인격이다'고 말 했고 린위탕은 '무엇을 아끼고 무엇을 버릴까를 바로 알아서 행동하면 현명한 사람이다. 그리고 언제나 행동이 분명하면 누구에게나 존경을 받을 수 있다. 때문에 모든 사람들은 행동을 바르게 하도록 노력해야 한다'처럼 '말과 행동'이 처세에 미치는 영향이 얼마나 중요한지 시사(示唆)하는 바가 크다.

세상을 제대로 살아가려면 세 가지 관계를 잘 처리해야 한다. '우선 사람과 대 자연의 관계이며, 다음으로 사람사이의 관계이고, 마지막으로 사상과 감정의 모순 및 평형의 관계이다.' 이 세 가지 관계를 잘 처리 한다면 우리네 삶은 즐거울 수 있지만, 그렇지 않으면 고달픈 법이다. 그런데 이 세가지중 두 번째인 사람과의 관계에서 처세가 필요하다. 그렇다면 최고의 처세는 무엇인가? 바로 '정직'인 것이다. 세르반데스는 '정직만큼 풍요로운 재산은 없으며 사회생활에서 최소한의 도덕률은 없다. 정직한 사람은 신이 만든 최상의 작품이기 때문에 하늘은 정직한 사람을 도울 수밖에 없다'고 말했다. 세상을 살아가는 필수요건의 자세에는 성실, 정직, 그리고 지혜로운 삶인데 그

중에서도 정직한 생활이야 말로 대인관계에서 가장 우선인 생활의 지혜인 것이다.

끝으로 한권의 책을 추천하고자 한다. 중국 명말(明末) 홍자성의 어록(語錄)「채근담」으로 전집(前集)222조는 사람들과 사귀고 직무를 처리하던 시절, 후집(後集)134조는 은퇴 후를 말한 것으로 합계 356조는 비록 단문이지만 대구(對句)를 많이 쓴 미문(美文)들로 구성 되어 있다. 비록 고서(古書)이지만 현대를 살아가는 우리들에게도 적합한 삶의 지침서이다.

1-9

학력과 학벌

학력과 학벌의 사전적 의미는 무엇일까?

학력(學歷)은 '제도화된 교육기관으로부터 산출된 학교교육에 관한 경력이나 이력으로, 제도교육 하에서 다닌 경력, 즉 학교를 어디까지 졸업했는지를 말하는 것'이며, 우리말의 동음인 학력(學力)은 '학습을 통하여 얻은 지식이나 기술의 능력으로 형식적·비형식적 교육에 상관없이 개인이 얻은 실질적 능력'이고, 학벌(學閥)은 '제도화된 교육기관의 파벌의 의미, 즉 어느 학교를 나왔는지를 말하는 것'이다.

한국사회에서 학력과 학벌은 개인의 삶의 기회뿐만 아니라 개인과 집단의 사회적·경제적 특권과 지위를 결정하는 중요한 도구가 되고 있다. 그리고 학력과 학벌은 우리사회의 불평등의 핵심요인이자 공교육위기와 혼란의 근원으로 질타의 표적이 되고 있다. 이렇듯 학력과 학벌이 우리사회에서 한편으로는 사회 불평등의 표적으로 인식되고 있다면 그동안 교육기관은 학력을 양산하고 학벌을 태동시키는 산실 역할을 해 왔으며, 국가의 교육제도와 정책은 학력·학벌주의를 조장하는 산파역할을 해 왔다고 해도 과언이 아니다. 이는 우리나라에서 과거제도가 처음으로 시행된 고려시대, 유교가 국교화된 조선시대, 일본의 정치적 간섭을 받던 조선말 개화기와 식민지 지배하에 공교육 제도가 성립된 일제 강점기, 민주화 개방초기인 미군정시대와 학력사회가 성립되고 학벌주의가 팽배해진 대한민국시대 오늘날에 이르러 왔다.

옛날 선천적 자격으로 얻었던 이름, 곧 씨족·가문 혹은 노비·상인·중인·양반·사대부 등의 자격이 오늘날은 출신학교·소속 집단 혹은 학력·직위·직책·화이트칼라·블루칼라·고용주·피고용주 등의 후천적 자격으로 변화 되었을 뿐, 그 자격에 붙어 다니는 이름에 대한 집착은 달라지지 않았다.

이상적 사회로 대학을 나오지 않더라도 실력이 있는 사람이 그에 상응하는 대접을 받아야한다. 학벌보다는 실력으로 평가받는 사회야 말로 바람직한 사회인 것이다. 그런 사회가 온다면 대학에 가지 않는다 해도 인간답게 살 수 있기 때문이다. 진정으로 학문연구 할 사람만 대학에 가고 나머지는 기술을 배우거나 장사하는 법을 배운 다거나 또는 가업을 이어가는 등 나름대로의 살아가는 방법을 선택하는 것이 개인적으로나 국가적으로 바람직하다. 이 세상 모든 직업이 반드시 대학졸업의 학력을 필요한 것은 아니기 때문이다. 그런 예로 대학을 나오지 않고도 자신의 분야에서 성공한 사람들이 언론에 취재되는 경우를 볼 수 있다. 그런데 문제는 우리 사회에서 매우 희귀하다는데 있다. 대학을 나오지 않고도 성공한 사람이 많다면 언론에 취재되지 않을 것이다. 또한 대학졸업장이 없는 사람에게도 성공의 문이 공정하게 열린다면 구태여 누가 대학에 가려고 하겠으며, 오늘날 사교육문제로 사회문제를 야기 시키지도 않을 뿐만 아니라 수많은 수험생들이나 학부모들이 고통을 받지도 않을 것이다. 그러나 현실적으로 학벌과 학력이 행세하는 나라를 들자면 단연코 이웃 일본과 우리나라일 것이다. 특히 우리나라처럼 부존자원이 부족한 나라는 공 개념으로는 교육이, 사 개념으로는 학력이 중요하다.

논어 15편 위령공에 '학야록재기중(學也祿在其中)'이란 말이 있다. 이는 공부를 하면 '그 속에 온갖 재물이 다 들어있다'는 말이다. 교육의 목적은 무엇인가? 사회적 의미와 개인적 의미 두 가지가 있는데, 개인적 의미로 볼 때 자아실현과 세속적 성공이다. 교육은 나 자신의 힘을 끌어내어 행복한 삶을 이어 나가고자 실천할 수 있는 수단의 일부이다. 우리는 삶의 궁극적 목표인 행복을 위해 공부도하고, 돈도 벌고 그리고 성공이나 출세도 하려고 한다. 그러기 위한 방편으로 학력도 쌓고, 이왕

이면 학벌도 좋게 하려한다. 그러나 여기에서 결코 간과해서는 안 되는 중요한 한 가지가 있다. 바로 인성이다. 학력이나 학벌보다 우선이 실력이며, 실력보다 우선이 인성인 것이다. 다시 말해 첫째는 인성이고, 둘째가 실력이며, 마지막으로 학력과 학벌인 것이다. 아무리 좋은 실력이나 학력・학벌도 인성이 받쳐주지 않는다면 색 바랜 옷이나 찢어진 옷에 불과 한 것이다.

생활의 지혜, 어느 분야에 종사하든 주위에서 인정받고 더 크게 성공하기 위해 내 실력이나 학력・학벌이 나무라고 하면 인성이라는 토양의 자양분이 적절하고 충분한지, 그렇지 못하다면 개선책을 어떻게 강구해야할지 지금, 고민해보아야만 한다.

1-10

독서하기

독서란 무엇인가?

독서는 자기 인생의 폭을 넓히고 자신의 체험을 예리하고 정확하게 만들어 준다. 결국 바람직한 인격형성을 하는데 독서의 목적이 있다. 인간은 생각하기 위한 지식을 독서에서 구하고, 생각하는 방법을 또한 독서에서 배우며, 독서와 더불어 생각하게 될 때 비로소 사물에 대한 이해와 판단이 빠르고 폭넓은 인간으로 성장하게 되며, 나아가 새로운 것을 창조해 낼 수 있는 창의력을 가질 수 있게 된다. 또한 가난과 무지에서 벗어나는 방법은 공부밖에 없듯이 미련과 착각에서 멀어지는 방법은 독서 밖에는 없다.

독서의 목적과 중요성은 무엇인가?

독서의 목적은 첫째, 독서함으로 모르는 사실을 새롭게 깨닫게 되고, 독서를 통해 새로운 것들을 가르쳐주는 정다운 벗도 되기도 하고 스승이 되는, 책을 통해서 지식과 학문을 닦기 위해서이다. 둘째, 마치 한그루의 나무를 땅에 심고 물과 거름을 주면 더욱 푸르고 더 나은 결실을 맺듯, 깊이 있는 사람으로 가꾸어 주는, 교양을 얻고 수양을 쌓기 위해서이다. 셋째, 우리의 생활을 즐겁고 보람 있게 보내는 일을 여가선용이라 하는데 독서는 여가선용을 하기 위해서 이기도 하다. 마지막으로 공부하는 학생들에게는 문제해석을 올바르게 할 줄 아는 어휘력, 이해력, 분석력, 종합력, 추리력, 판단력이 길러져 좋은 시험성적을 얻기 위해서이며, 일반인들에게는 교양, 연구, 생활정보수단을 얻고 오락과 사고능력을 기르고 원할 한 의사소통을 하기 위해서이다.

독서의 중요성은 인성이 발달되며, 시야가 넓어지고, 사고력이 길러지고, 학생의 성적향상에 좋은 영향을 미치며, 마음의 위안과 때론 고민을 해결시켜주기도 한다. 데카르트의 '좋은 책을 읽는 것은 몇 세기의 훌륭한 사람들과 이야기를 나누는 것과 같다.'라는 말에서 독서의 중요성을 깨닫게 된다.

독서의 필요성과 가치는 무엇인가?

인류가 창조할 수 있는 모든 문화의 원천적인 지혜를 제공하는 것으로 독서는 직접경험하지 못한 것 들을 타인의 경험을 전수받아 자신의 지식과 경험을 숙지시키는 간접경험의 수단으로 폭넓은 지식을 흡수하여 수학학습(受學學習)에 임하기 위하여, 전문가로서 권위를 유지하기 위하여, 정서순화와 깊은 사고의 지름길을 얻기 위하여, 교양인으로서 덕성과 품위를 높이기 위하여 필요하다.

인간의 성장과 삶에 큰 영향을 미치는 것이 독서의 가치이다. 독서는 새로운 분야의 정보를 습득하게 해주며 이를 통해 통찰력과 사고력을 키울 수 있게 한다. 또한 생각의 폭이 넓어지고 세상을 균형 있게 바라보는 판단력이 생긴다. 자신만의 고정관념에서 탈피하여 다른 사람의 견해를 통해 자신의 가치관을 넓힐 수 있다. 독서는 간접경험을 통해 다양한 사람들의 모습을 볼 수도 있고 새로운 세상이나 사상을 접하는 기회를 얻을 수 있다. 그래서 독서를 통해 풍부한 정서와 감수성을 키울 수도 있고 무엇보다도 인간에 대한 이해가 깊어져 인격수양의 길라잡이가 되기도 한다.

독서를 통해 얻은 지식과 삶의 지혜는 누구도 가져갈 수 없다. 가장 확실하고 효과적인 인생의 투자가 바로 독서이다. 스스로 독서를 통해 얻은 뚜렷한 철학을 가지고 여러 분야에 걸쳐있는 지식을 지니며, 어떤 분야에서도 독창적인 생각을 하는 사람이 될 수 있다. 설령 불같은 성질을 가졌다 하더라도 독서라는 긴 훈련을 통해 다져진 인내는 친절하고 끈기가 있게 변화될 수도 있으며, 기다림이 필요할 때는 기다릴 줄 아는 사람이 될 수도 있다.

우리가 사회생활에서 성공하기 위해 세 가지 처세법이 있다면 첫째는 언변, 즉 표현력으로 말 잘 해야 하고, 둘째는 단정하고 분위기에 걸 맞는 옷차림, 즉 외모이며, 셋째는 주변사람이나 동료들에 대한 친화력과 배려하는 마음이다. 그중에 으뜸은 언변술, 말 잘해야 한다. 말 잘하기 위해서는 어휘력이 풍부해야한다. 그 어휘력은 어디에서 오는가? 바로 독서에서 오는 것이다. 생각이 말과 행동을 낳고 말과 행동이 습관을 낳게 되며 습관은 운명을 결정지어 성공과 실패로 갈라진다. 그렇다면 생각은 어디에서 오는가? 바로 독서에서 오는 것이다. 인간의 궁극적 목표는 행복이다. 그러기위해 성공하려한다.

삶의 지혜, 성공의 토양인 독서를 생활화 해 자신의 평생 습관이 되게 하자. 거창한 계획을 세우거나 수백페이지 되는 책을 고르기 보다는 우선 일간신문 읽기에서 부터 시작해보자. 사설이나 오피니언란 만이라도 매일 꾸준히 읽어보자. 그러면 반드시 독서의 목적은 어느 정도 달성 될 것이다.

1-11

여행하기

여행은 일이나 유람을 목적으로 다른 고장이나 외국에 가는 것을 의미하며 객려(客旅)나 정행(征行)이라는 말로 대신하기도 한다.

여행을 뜻하는 영어 단어 'travel'의 어원은 'travail'(고통, 고난, 고역)이다. 여행이 고통이나 고난이 아닌 즐거움이나 오락으로 여겨지게 된 것은 교통수단이 발달 하게 된 19세기에 이르러서였다. 예컨대 1780년만 해도 영국 런던에서 맨체스타까지 가는데 역마차로 4~5일은 걸렸지만, 1880년에 나타난 기차는 그 시간을 5시간으로 줄였다. 여러 형태의 교통수단의 발달 중 오늘날의 비행기는 점점 더 빨라져 지구촌 먼 곳도 하루 안에 갈 수 있게 되었다.

여행이란 무엇인가?

여행은 만남이고 발견이며, 낯선 고장, 낯선 사람, 낯선 문화, 그 만남의 궁극은 결국 나 자신과의 만남, '새로운 자아의 만남'이라고 여행전문가들은 말 한다. 인도철학자 브와그완의 말이 있다. '여행은 그대에게 세 가지의 이익을 줄 것이다. 하나는 고향과 조국에 대한 애착이고, 하나는 다른 곳에 대한 지식이며, 또 하나는 자기 자신에 대한 발견이다.' 여행은 기다림을 배우고 나와의 시간을 갖게 되며 다양한 사람들을 받아들일 수 있는 열린 마음과 여유를 누리게 해 준다.

'여행은 인간의 독선적 아집을 깬다'는 말은 여행의 장점을 말해주는 오랜 속설이지만, 전략적인 여행이나 '구별 짓기' '남들 따라 하기'를 하는 여행에서 그런 일이 가능할 것 같지는 않다. 그러나 그런들 어떠하리. 그것은 사회적 차원의 우려일 뿐이다. '내가 로마 땅을 밟은 그날이야 말로 나의 제2의 탄생일 이자 내 삶이 진정으로 다시 시작되는 날이다'라는 독일의 문호 괴테의 말은 여행의 위대함을 말해주는 증언은 없을 것이다. 단, 여행을 예찬하는 사람은 많지만 여행에 대한 쓴 소리를 한 작가이자 문학평론가인 고미숙이 말한 여행에 대한 그의 냉소적 이유인 '파노라마식(차창 밖으로 펼쳐지는 경치의 퍼레이드)' 다시 말해 잠시 구경하고 지나가는 여행자들이 갖기 마련인 주마간산(走馬看山:말을 타고 달리며 산천을 구경함-자세히 살피지 않고 대충보고 지나감) 여행은 경계해야 한다.

최초의 여행가는 수도자 석가모니이다. 그는 호화로운 생활에 더 이상 기쁨을 느끼지 않았다. 이러한 강한 느낌 때문에 집을 남겨두고 즐거움을 찾아 떠났다. 많은 것을 찾아 본 후에 석가는 새롭게 알고, 명상하면서 평화를 찾게 된 보리수나무 밑에 앉았다. 여행을 통해서 석가는 지식, 훈련, 명상 등을 할 수 있었다. 여행은 그에게 삶의 목적을 찾게 해 주었고 평화를 가져다주었다. 많은 사람들에게 여행은 새로운 것을 배울 수 있는 기회를 가져다주고, 세계를 다른 시각으로 볼 수 있도록 한다. 이것은 세계를 더욱 가까운 수준으로 연결시키도록 도와주고, 심지어 그들이 살아가는 삶의 목적 또한 찾게 해 준다. 여행은 목적지에 닿아야 행복해 지는 것이 아니라 과정에서 행복을 느끼게 되며 새로운 풍경을 보는 것이 아니라 새로운 눈을 가지는데 있는 법이다. 약상자에 없는 치료제가 여행이다. 여행은 모든 세대를 통틀어 가장 잘 알려진 예방약이자 치료제이며 동시에 회복이다. 여행할 목적지가 있다는 것은 중요한 일이지만 중요한 것은 여행 그 자체이며 정신을 다시 젊게 하는 샘(井)인 것이다. 여행은 경치를 보는 이상으로 깊고 변함없이 흘러가는 생활에 대한 생각의 변화이며 여행과 변화를 할 줄 아는 사람이 생명력이 있는 사람이다.

여행, 그 단어만으로도 설레는 마음이 충만하다. 지치고 힘들 때, 지겨울 때, 기분전환이 필요할 때, 새로운 세계를 발견하고, 직접 경험을 통한 깨달음을 얻고 삶의 목적을 찾기 위한 삶의 지혜 여행, 동행이 있으면 더 좋고 혼자라도 좋다. 국내,

선진국, 후진국, 오지, 각각 나름 느끼고 배울 것이 모두 있는 것이다. 한번 다녀올 때 열 번 다녀올 때 그 차이는 크다. 여행을 통해 '뜻밖의 사실'을 알게 되고, 자신과 세계에 대한 '놀라운 깨달음'을 얻게 되는 것, 그런 마법적 순간을 경험하는 것, 바로 그것이 여행이다. 강물이 흐르지 않는다면 물이 고여 썩게 되어 그 물은 어떤 용도로도 사용하지 못하는 법이다. 사람도 같은 이치다. 흔히 하는 말로 '우물 안 개구리'라는 말처럼. 사람도 현재에서 바뀌지 않으면 물이 고여 있는 것과 같다. 자신을 생동감 있게 만들려면 지금 여행을 계획하고 준비해서 주저 말고 떠나보는 것이 어떨까?

끝으로 한권의 책을 추천하고자 한다. 소설가 김영하의 산문집 '여행의 이유'를 읽을 것을 권한다.

1-12

명상하기

명상(冥想)의 사전적 의미는 무엇일까?

고요히 눈을 감고 깊이 생각함, 또는 그런 생각이라고 정의하는데, 심리학에서는 마음의 고통에서 벗어나 아무런 왜곡 없는 순수한 마음 상태로 돌아가는 것을 초월이라 하며, 이를 실천하려는 것이 명상이라고 정의한다. 또한 상담학에서는 인간의 모든 생각과 의식은 고요한 내적 의식에 있다는 가정 하에서 인간의 마음을 순수한 내면의식으로 몰입하도록 만들어 참된 자아를 찾아내는 것 중 하나라고 정의한다.

그렇다면 기도(祈禱)와 사색(思索)의 의미는 무엇일까?

기도는 인간보다 능력이 뛰어나다고 생각하는 어떠한 절대적 존재에게 빎, 또는 그런 의식이며, 사색이란 어떤 것에 대하여 깊이 생각하고 이치(理致:사물의 정당하고 당연한 조리)를 따져본다는 의미이다.

명상이란 다른 말로 '마음 챙김'이라는 말로 표현할 수 있다. 그러면 여기서 '마음'의 의미는 무엇인가? 마음이란 궁금한 것이 있으면 궁금한 것이 마음이며, 누가 욕을 하면 화과 나는 것이 마음이며, 생활이 어려우면 괴로운 것이 마음이며, 넉넉하면 여유로운 것이 마음이다. 그러므로 마음이란 정해진바가 없어 눈으로 볼 때는 눈에 의해서 정해지고, 귀로 들을 때는 귀에 의해서 정해지고, 냄새를 맡을 때는 코에 의해서 정해진다. 즉, 대상에 따라 변하는 것이 마음이다. 그러므로 본래 정해진 마음이란 존재할 수가 없는 것이다. 볼 때는 보는 순간, 들을 때는 듣는 순간 일어났다 사라지는 것이 마음이다. 즉, 마음이란 사람이 다른 사람이나 사물에 대하여 감정이나 의지, 생각 따위를 느끼거나 일으키는 작용이나 태도인 것이다.

명상을 하는 것은 개개인마다 각각 다르지만 이들에게 있어 명상이란 결코 종교적 수행이 아닌 스트레스와 같은 마음의 정화나 치유 수단으로 일반사람들의 휴식 법 중 하나이다. 이것이 명상을 해야 하는 이유이며, 궁극적으로는 나의 행복, 마음의 평화를 위해서이다. 구체적으로 행복을 위해서는 뇌, 생각을 바꾸어야 한다. 왜냐하면 뇌의 성향은 우리가 행복을 느끼기보다는 끊임없이 불안, 우울, 걱정상태에 빠지도록 하게해, 이러한 감정은 우리를 행복할 수 없게 만들기 때문이다.

스트레스를 도저히 참을 수 없을 때, 도대체 무엇을 어떻게 해야 할지 궁금해 한다. 현대를 살아가는 사람들에게 스트레스는 피할 수 없는 고통이다. 그렇지만 이 괴로움을 능숙하게 덜어 낼 수 있는 경지에 오른 사람은 드물다. 그만큼 현실은 결코 만만치 않으며, 잡생각들이 우리의 머릿속을 쉽게 떠나지 않는다. 운동이나 취미, 종교 활동 등 여러 가지 방법이 있겠지만, '마음 챙김'명상 역시 이 같은 고민을 해결해 줄 수 있는 좋은 한 방법이다. 실제로 의료 현장에서 정신건강 의학전문의들도 명상을 적극 권장하고 있다고 한다.

결론적으로 명상을 통해 마음을 관찰하다보면 마음이 고요해지고 마음에 더 미묘한 것들을 담을 수 있는 공간이 생긴다. 그때 바로 직관(直觀:마음의 생각을 거치지 않고 대상을 직접적으로 파악)이 피어나기 시작하고 더 명료하게 사물을 바라보게 되며 더 현재에 집중할 수 있게 된다.

사람이 일평생을 행복하게 살아가기 위해 생활에서 실천해야할 세 가지를 들어보면 첫 째는 독서, 둘째는 명상, 셋째는 불가(佛家)에서 말하는 보시(布施) 즉, 남을 돕는 것이다. 독서는 한 인간이 생각하기 위한 지식을 독서에서 구하고, 생각하는 방법을 독서에서 배우고, 독서와 더불어 생각할 때 비로소 사물에 대한 이해와 판단이 빠르고 폭 넓은 인간으로 성장하게 되며, 새로운 것을 창조해 낼 수 있는 창의력을 가질 수 있게 되며, 특히 인격형성, 그 사람의 됨됨이에 가장 중요하다. 명상이란 마음의 고통에서 벗어나 순수한 마음상태로 돌아가게 하는 것, 마음 챙김이다. 보시란 '내가 누구를 위해 무엇을 베풀었다'라는 자만심 없이 자비로운 마음으로 온전하게 베푸는 무상보시(無償布施)로, 보시할 때 그 사람이 항상 기쁜 마음으로, 어떤 조건이나 반대급부를 바라지 않기 때문에 몸과 마음이 어지럽지 않게 되어 즐겁고 보람된 행복감을 느끼게 되는 것이다.

생활의 지혜, 행복하게 살기위해 실천해야할 세 가지, 그중에서도 현대를 살아가는 우리들이 받고 있는 수많은 스트레스를 해소하고, 때로는 우울증으로 죽음의 문턱에서 자신을 구할 수 있는 방법들 중 으뜸인 명상, 오늘부터 시작하여 생활화해 보자!

1-13

외국어(영어) 공부하기

영어는 오늘날과 같은 국제화 시대에 세계 공통어로서 단지 시험을 통과하기위한 요구조건을 넘어 이미 자신을 표현하고 상대를 설득하는 국제적 사고이자 문화이다.

사람들은 다양한 이유로 외국어를 공부하겠다고 결정한다. 그들은 어떤 공적인 시험의 욕구를 충족시켜야 하거나, 해외 휴가나 여행에서 더 큰 즐거움, 그리고 편리함을 위해서 그렇게 할 수도 있다. 사업가들은 외국어로 된 서신이나 서류들을 다루어야 하고, 연구 인력들은 전문 학술 잡지에 가장 최근기술발견 이야기들이 발행되자마자 정확하게 기사를 읽을 수 있어야 하고, 사람들은 정치적인 이유로 다른 나라의 일들에 관심을 가지고 있을 수 있고, 그리고 해외에서 떠돌아다니는 시사문제들에 대한 상세한 지식을 가져야 할 수도 있어 외국신문들과 전문잡지들을 읽는 것으로 대신할 수 있다. 특히 외국인들이 주가 되는 업무를 담당하는 사람들은 상대의 말을 정확하게 이해하고 본인의 의도를 정확하게 전달할 수 있어야 하기 때문이다.

새로운 언어를 배우는 것은 새로운 세계에 대한 접근 방식을 암시하고, 지적인 확장으로 이어 지기도 한다. 귀로 들었을 때 그것을 이해하고, 그것을 말할 수 있고, 쓸 수 있을 정도로 새로운 언어를 학습하는 데는, 우리를 몰아붙이는 확실하게 강한 충동이 필요하다.

새로운 언어를 배우는 것은, 독창적이거나 비판적인 능력을 요구하는 것은 아니지만, 강한 지적호기심과 인간의 사상이 표현될 수 있는 무한한 방식에 대한 지속적이고 활기 넘치는 관심이 필요하다. 무엇보다도 재빠른 관찰력, 흉내 내고 모방하는 적절한 능력, 연상하고 일반화시키는 좋은 능력, 그리고 오래 유지되는 기억력이 필요하다.

외국어 공부를 하겠다고 접근할 때는 확실한 목적이 있는 상태와 동기부여가 준비되어 있는 상태에서 배우고 공부해야한다. 그렇지 않고 아무 생각 없이 무작정 외국어를 배우고 공부하겠다고 접근하면 제자리걸음만 반복될 뿐이다. 다시 말해 대체로 많은 사람들이 공감하는 도전>포기, 재도전>포기, 재도전>포기, 무한 반복만 있을 뿐이다. 외국어 공부를 결심할 때 가장 염두에 두어야할 것이 바로 구체적 목적과 동기부여 준비가 되어 있어야 오래 지속될 수 있고 성공 가능성이 높다.

영어공부를 하고자 하는 사람이나 하고 있는 사람들에게 보다 효율적인 공부법을 위해 한권의 책을 추천하고자 한다. 바로 아키야마 요헤이가 쓴「외국어 공부의 감각」이다. 해당국가인 외국에 나가지 않고 혼자 공부해 10개 국어를 말하게 된 비법서로 모든 사람들이 읽을 수 있도록 우리말 번역본도 출간되어있다.

영어공부에 왕도는 없다. 거창한 계획을 세우고 명 교재, 명 강의를 찾기보다는 우선 가장 쉽게 구할 수 있는 중학교 1,2,3 학년 영어교과서와 자습서를 구해 차례로 문장들을 통째로 암기해보자. 거기에는 영어에 필요한 어휘, 문법, 생활영어 등 영어에 필요한 기본 핵심들이 단계별로 적절히 배분되어 있기 때문이다. 그러고 나서 각자의 목적에 따라 방향을 설정하고 거기에 걸 맞는 교재나 강좌를 선택하면 된다.

오늘날 대기업의 작고하신 창업주는 젊은 시절 택시 운전사였는데 영어를 할 줄 아셨다. 그런데 어느 날 길가에서 차가 고장이나 난감해 하고 있는 외국여성을 보고 가서 도와주게 되었다. 사례를 마다하고 헤어 졌지만 고마움에 수소문해서 그녀의 남편이 찾아와 사례를 말하자 또다시 사양을 했다. 그 외국여성의 남편은 그 당시 미8군 사령관이었던 것이다. 그때 그 인연이 되어 당시 미8군 폐차권을 얻게 되어 오늘날 대기업을 일궈낸 초석이 된 일화가 있다. 또 하나의 예로 작고하신 IOC

위원을 지내신분의 얘기인데 그분은 원래 태권도를 하셨다. 1900년 당시만 해도 체육인들이 영어를 할 줄 아는 사람이 흔치 않았던 시절로 영어를 할 줄 알아 체육대통령이라고 불리우는 IOC위원을 지낼 수 있었던 것이다.

두 분의 예로 외국어 능력이 자신의 삶의 새로운 전기(轉機)를 마련할 수도 있는 것이다. 외국어를 잘 한다고 당장의 이득은 미미 하지만, 외국어를 못함으로써 얻는 불이익은 시간이 갈수록 점점 더 커진다. 외국어 실력을 갖추고 있으면 보이지 않던 더 많은 인생의 선택의 기회가 올 수 있다.

생활의 지혜, 젊은이건 나이든 사람이건 다가오는 인생의 선택의 기회를 맞이하기 위해 지금부터 외국어(영어) 공부에 시간을 투자해 보자!!!

1-14

영어 교육과 학습

새로운 언어, 영어를 배우는 것은 새로운 세계에 대한 접근 방식을 암시하고, 또한 지적인 경험의 확장을 의미한다. 들었을 때 그것을 이해하고, 말하고 쓸 수 있을 정도로 새로운 언어를 잘 구사하려면 우리를 강하게 몰아붙이는 확실하고 뚜렷한 충동이 필요하다. 새로운 언어를 배우는 것이 독창적이거나 비판적인 능력을 요구하는 것은 아니지만, 강한 지적 호기심과 인간의 사상이 표현될 수 있는 무한한 방식에 대한 지속적이고 활기 넘치는 관심이 필요하다. 무엇보다도 재빠른 관찰력, 적절한 흉내와 모방 능력, 좋은 연상과 일반화 능력, 오래 유지되는 기억력 등이 요구된다. 그것은 우리의 정신 능력을 향상시키고, 주의 집중력을 활성화시키며, 조심성의 증대와 감수성을 강화시킨다. 또한 정치적, 문화적, 과학적, 학문적으로 자신의 분야에서 많은 기회를 부여받게 되어 성공으로 가는 지름길이 될 수도 있다.

오늘날 국제화 시대에서 영어는 단지 시험을 통과하기 위한 요구 조건이 아니다. 영어는 이미 자신을 표현하고 상대를 설득하는 국제적 사고이며 문화이다. 또한 영어는 공적인 시험의 욕구 충족 이외에도 해외여행에서의 더 큰 편리함과 즐거움을 느낄 수 있고, 사업가들은 직·간접적으로 영어 서신을, 연구 인력들은 번역가의 도움 없이 전문 학술지를, 정치가들은 정치적이며 시사적인 문제들에 대한 다양한 외국 신문과 잡지를 해독할 수 있으며, 또한 문학 전공자들은 세계적인 걸작들을 원문으로 읽어 이해도를 한층 더 높일 수도 있다. 이와 같이 영어는 현대사회를 이해하고 영위하는 중요한 도구인 것이다.

경제발전과 국제화, 그리고 교육열 등으로 영어 해득 인구는 급속히 늘었으나 아직도 영어학습의 목적이나 영어에 대한 의식과 태도는 개인과 집단에 따라 다르다. 영어교육에 대한 목적을 집약해 본다면 영어교육은 '글'을 위주로 하여야 하느냐 '말'을 위주로 하여야 하느냐의 문제를 중심으로 두 갈래의 상반된 견해로 갈라지고, 또한 목적을 '교양성'에 두느냐 '실용성'에 두느냐에 따라서도 견해가 다르다. 영어교육이나 학습에서 실용성에 목적을 두는 견해는 10여 년 이상이나 영어 공부를 해왔는데도 간단한 회화 한마디 제대로 하지 못하며 영어 편지 한 장 변변히 쓰지 못함을 한탄하는 데서 비롯된다. 그러나 외국어를 공부하는 첫째 목적은 외국 서적을 통한 지식의 습득이다. 다시 말해서 말만 할 수 있는 '장님 외국어'를 만들어서는 안 되는 것이다. 예를 들어 한자, 한문을 책으로 배우지 않고 소위 회화로만 배웠다면 사상이나 문학, 철학과는 거리가 먼 서투른 중국어 통번역만이 우리 주위에 성행하고 있을 것이기 때문이다.

영어의 교육적인 측면에서 유아 및 초등학교 영어 교육은 흥미와 호기심을 갖게 하는 것이 중요하며 발음 중심 교육에 대한 꾸준한 노출을 통해 두뇌를 자극해 주어야 한다. 중·고등학교에서는 선(先)대화, 후(後)문법 교육으로, 그리고 대학에서는 영어의 4가지 기능인 듣기/말하기/읽기/쓰기를 교양교육과 전공교육의 두 갈래로 나누어 교양교육에서는 듣기/말하기를, 전공교육에서는 읽기/쓰기 중심으로 교육되어야 한다. 그리고 영어의 학습적인 측면에서는 유아·초등학교 수준에서는 정확한 발음(강세, 고저, 리듬)을 듣고 말해야 하며, 중·고등학교 수준에서는 기본적인 4가지 기능 중 영어의 이해력(듣기, 읽기 능력)과 표현력(말하기, 쓰기 능력)이 균형 있게 계발 및 학습돼야 하는데 구체적으로 중학교에서는 듣기와 말하기가, 고등학교에서는 읽기와 쓰기가 중심이 되어야 한다. 또한 대학교에서는 수사학적 4기능인, 첫째 문법적으로 틀리지 않고 논리적으로 올바른 글을 쓰며, 둘째 지적, 비평적으로 빠른 속도로 읽으며, 셋째 논리적 원칙에 입각한 사고를 하며, 넷째 과거와 현대의 위대한 사상을 감상함에 중점을 두어야 한다.

영어 공부에 왕도는 없다. 그렇지만 하나만 선택한다면 그것은 바로 '**문장 단위로 암기**' 하는 것이다. 자신에 맞는 수준별 교재로 반복을 통해 한 문장이 한 페이지를 이루고 여러 페이지가 책 한 권이 이루어지게 하는 것이다. 우선 중학교 1, 2, 3학년 영어 교과서만이라도 통째로 암기해 보라. 영어의 4기능은 저절로 정복될 것이다.

1-15

우정(友情)

우정이란 무엇인가?

친구, 벗은 '마음이 서로 통하여 친하게 사귄 사람, 뜻을 같이하는 사람, 내 슬픔을 등에 지고 가는 자'로 수용, 신뢰, 존중의 바탕위에서 인생의 즐거움을 공유하고, 도움을 교환하는 동반자이며, 우정이란 친구사이의 가깝고 친한 정(情)이란 의미로 건전한 사랑(가족적 의미)의 일종이다. 문학평론가 고미숙은 우정에 대해 다음과 같이 말한다. '자본주의가 사랑을 너무 강조해서 우정이 폄하 되고 있다. 사랑의 기본은 독점과 배타적 소유로 집착을 낳기 쉽고 금전과 긴밀히 연결된다. 이런 관계에만 몰입하면 존재가 작아진다. 또한 가족관계는 애증과 부채감이 기본이라 수평적 대화가 어렵다. 사랑과 가족을 초월해 우리를 가장 성장 시키는 것은 도반(道伴:함께 도를 닦는 벗)

즉, 우정이다'

사랑과 우정의 차이는 무엇인가?

사랑은 느낌이고, 우정은 이해이다. 사랑은 주는 것이지만, 우정은 주고 받는 것이다. 사랑은 술을 찾게 하는 것이고, 우정은 같이 마셔 주는 것이다. 사랑은 같이 걸어가는 것을 꿈꾸는 것이지만, 우정은 같이 걸어가는 것이다. 사랑은 오직 한사람과 같이 만들어 가는 것이고, 우정은 여러 사람과도 같이 할 수 있다. 사랑은 오랜 기간 동안 어렵게 이루어져도 항상 위태롭지만, 우정은 쉽게 빨리 이루어져도 오래 간다. 사랑은 꾸미면서 보여주고 싶고, 우정은 솔직한 모습을 보이는 것이다. 사랑은 언제 떠날지 불안한 것이며, 우정은 항상 옆에 있는 것이다. 사랑은 얼굴한번 보기위해 몇 시간씩 기다리지만, 우정은 서로 만나고 싶을 때 언제라도 불러 만나는 것이다. 사랑은 어렵게 만나서 고르고 고른 단어로 얘기하지만, 우정은 편하게 만나서 아무 생각 없이 얘기할 수 있다. 사랑은 삶의 의미가 사라질 수도 있지만, 우정은 죽음 앞에서 지난날의 추억을 떠올리는 것이다. 남녀 간의 사랑은 아침 그림자와 같아서 점점 작아지지만 노인의 마음에 깃든 우정은 저녁나절의 그림자와 같이 인생의 태양이 가라앉을 때까지 커져간다.

우정의 필요성과 가치는 무엇인가?

사람에게 있어서 중요한 감정으로 아무리 인맥을 쌓아봤자 우정이 없으면 진정한 친구는 없다. 물질적 이득을 위해 서로 이용만 하는 사이가 아닌 진심어린 마음을 털어놓을 친구가 있어야한다. 독일의 소설가이자 시인인 헤르만 헤세는 '인간이 육체를 가진 이상 애정은 필요하다. 그러나 영혼을 깨끗하게 하고 성장케 하는 데는 우정이 필요하다'라고 말했다. '어떤 상황에도 절대 가라앉지 않는 배(ship)가 무엇일까?' 바로 우정(friendship)인 것이다. 그러나 그 배는 좋을 때는 둘이 탈수 있지만 나쁠 때는 한명만 탈수 있는 배이다. 미국 프린스턴대학 철학과 네하마스 교수의 말 '시간의 흐름에 따라 천천히 쌓이는 우정이란 우리의 일반적인 생각보다 삶에 훨씬 더 중요한 가치를 갖는다. 우정은 우리를 그냥 도와주는 것이 아니라, 우리가 되고 싶어 하는 바를 이루도록 길을 인도해 주며, 우리가 다른 사람이 아닌 바로 우리자신이 되는데 결정적인 역할을 하는 것이다'에서 우정의 필요와 가치를 절감케 해 준다.

영국의 세계적 대 문호 셰익스피어는 '인간의 본성과 관계를 있는 그대로 보는 것이 중요하다'고 말했다. 이는 다른 사람과 세상을 바로 보기위해서는 우선 나 자신을 바로 보아야 하는 것이다. 인간관계에서 가장 중요한 사랑과 우정에 있어서도 마찬가지이다. 나 자신을 바로 보는 것이야 말로 사랑과 우정의 참된 시작인 것이다. 지금 우리는 고대 그리스의 철학자 아리스토텔레스가 말하는 세 종류의 우정을 모두 갖고 있다. '나에게서 이득을 취하려는 사람, 같이 재미있게 놀려고만 하는 사람, 기쁠 때나 슬플 때나 함께 있어주는 진정한 친구'이다. 무엇과도 바꿀 수 없는 소중한 친구 단 한 사람과 라도 함께 희로애락을 나눌 수 있는 우정을 나무 가꾸듯 가꾸어 나가는 것, 복잡한 현대를 살아가는 우리의 또 하나의 참된 삶의 지혜가 아닐까? 특히 노년에는 더 더욱 두말할 나위도 없다. 끝으로 법정스님 말씀인 진정한 우정을 나누기위한 '좋은 친구'의 명언을 인용하고자 한다. '멀리 떨어져 있음에도 마음의 그림자처럼 함께할 수 있는 그런 사이가 좋은 친구이다. 영혼의 진동이 없으면 그건 만남이 아니라 한 때의 마주침이다. 좋은 친구를 만나려면 먼저 나 자신이 좋은 친구감이 되어야한다. 왜냐하면 친구란 내 부름에 대한 응답이기 때문이다.'

제2장

중 · 장년들을 위한 생활 속 지혜

2-1

부부(夫婦)

부부의 사전적 의미는 '결혼한 남녀로 남편과 아내를 아울러 이르는 말'이며, 가시버시라는 말은 부부를 겸손하게 이르는 말이다. 부부는 경제적으로 공동생활을 하며, 함께 자녀를 양육한다. 사이좋은 부부를 잉꼬부부라 하며, 아내를 존중하고 아끼는 남편을 자상한 남편이라 하고, 남편을 존중하고 위해주는 아내를 현명한 아내라 한다.

부부라는 새로운 관계는 서로 다른 두 사람이 다름을 존중하고 조화를 이루어 가는 과정이다. 대부분의 사람들은 결혼하기 전부터 자신의 부모님을 통해 부부간의 상호작용 방식과 역할에 대해 일정한 상(相)을 형성하게 된다. 서로의 부부상이 비슷하다면 다행이지만, 그렇지 않다면 충돌이 일어 날 수 있다. 오랜 시간을 서로 다른 환경에서 생활해온 사람들은 자신이 익숙

한 방식이 있어 서로 간에 자신이 변화하려 하기 보다는 상대방을 변화 시키려 한다면 원만한 부부관계 형성에 어려움이 있을 수 있다. 부부는 일심동체라 하지만 부부는 똑 같아지는 것이 아니라 서로의 다른 점들을 조화 시켜 개인으로, 부부로 발전해 나아가는 것이다. 일치와는 달리 조화는 서로간의 차이를 인정하고 수용하는 데서부터 출발하는 것이다.

부부 사이에 싸움이 없을 수는 없다. 화분 하나를 두고 그것을 거실에 둘 것인지 베란다에 둘 것 인지에 대한 의견 충돌부터 시가, 처가, 자식 문제 등등 여러 형태의 다툼이 있을 수 있다. 그러나 부부관계 전문가들에 의하면 사이가 좋은 부부들은 다음과 같은 특징이 있다고 한다. '서로의 단점에 대해 불평하기보다는 장점에 대해 감사하는 태도를 가지며, 다른 사람 앞에서 상대를 칭찬하는 것을 잘 한다. 또한 일상생활 중에 같이 하는 활동이 있으며, 어떤 일에 대해 너무 심각하지 않은 자세를 취하고 유머 있게 대처해 원만한 관계를 유지 한다. 상대방과 의견이 다르더라도 공감하고, 입장을 바꿔서 생각하며 싸움을 하더라도 욕하거나 폄하하는 등 상처를 주지 않는다. 스스로의 실수나 잘못에 대해 사과하고 책임을 지는 태도를 갖으며, 집에 언제 들어가는지와 같은 소소한 것들을 상대에게 알린다. 특히 사이좋은 부부들의 차별된 특징은 서로의 관계가 밋밋하지 않도록 서로 연애하던 시절의 마음으로 유혹하는 자세와 매력 있고 남 다른 개성을 보여 준다'고 한다.

오늘날 맞벌이 부부냐, 외벌이 부부냐에 따라 다르고 남녀평등 사상이 대세이지만, 전통적으로 볼 때 이상적 남편은 성실하고 정직하며 자상(仔詳)하고, 책임감이 강해야 하며, 그리고 이상적 아내는 알뜰하고 이해심 많으며, 인정(人情)있고 슬기로워야 한다. 유대인의 생활규범인 탈무드에서 '모든 병중에서 마음의 병만큼 괴로운 것은 없다. 모든 악 중에서 악처만큼 나쁜 것은 없다' 그리고 맹자의 말에서 '남편이라는 것은 아내에게서 보면 평생을 바라보며 살 사람이다. 그러기 때문에 남편은 존경 받을 존재라야 한다'처럼 두 인용문에서 구시대적 사상이라 치부하기보다는 원문의 취지를 이해한다면 남편과 아내가 어떻게 처신해야할지 시사(示唆)하는 바 크다 하겠다.

한 사람의 오복(?)은 부모 복, 형제 복, 배우자 복, 자식 복, 주변사람 복인 인복이다. 이 중에서 기본은 부모 복이고, 성공하려면 인복을, 그리고 노년까지 편안한 삶, 행복한 삶을 영위하려면 배우자 복이 있어야 한다. 인간의 궁극적 목적은 무엇인가? 바로 행복이다. 그러므로 오복 중 으뜸은 배우자 복인 것이다. 그렇다면 부부는 어떤 것인가? 서로 같은 방향을 향해 서로 손을 잡고 발 맞춰 걸어가는 관계이며, 잘 차려진 밥상을 둘이 들고 편안하고 조용한 곳에 가서 다정스럽게 대화를 나누면서 서로 먹어 보라고 권하며 맛있게 먹는 것과 같은 것이며, 또한 보자기 네 면을 각자 양손으로 잡고 금은보화를 가득 담는 형국이다. 걸어갈 때 서로 보폭이 다르면 서로 잡은 손을 놓치게 되며. 잘 차려진 밥상을 들고 가다 둘 중 하나가 비끗하여 그 밥상을 놓치게 되면 먹어야할 음식이 아니라 쓰레기가 되어 주변은 엉망진창이 되어 버릴 것이다. 또한 한사람만 양손 하나만이라도 보자기를 잡고 있지 않는 다면 결코 금은보화를 가득 담을 수가 없는 것이다. 한마디로 부부는 서로 부족한 것을 채워주는 보완관계이며, 함께 보조를 맞추어 살아가야하는 동반자의 관계이다. 그러므로 부부는 서로 지켜야할 세 가지 덕목이 있다. 첫째는 서로 상대를 존중해 주어야하며, 둘째는 서로 상대를 인정해 주고, 셋째는 공(功)이 있으면 자신의 공도 상대에게 돌려줄 수 있어야 하며, 감사하고 존재의 가치를 인정할 줄 알아야 한다. 더불어 심리학자 스턴버그가 말한 사랑의 3대 요소인 친밀감, 열정, 그리고 책임감(약속)을 변함없이 생활 속에 실천하며 각자의 도(道)와 본분을 지켜 나갈 뿐만 아니라, 만남은 인연이지만 관계는 노력이라는 사실을 항상 마음에 새기고 실천해야한다. 화가인 빈센트 반 고흐의 말 '부부란 둘이 서로 반반씩 나눠지는 것이 아니라, 하나로서 전체가 되는 것이다'를 모든 부부들이 노년에 이르기 까지 행복을 위한 삶의 좌우명으로 삼는 것이 참된 생활의 지혜가 아닐까?

2-2

남편과 아내

남편과 아내의 정의는 무엇인가? 부부관계에 있는 한 쌍의 남녀 중 남자 쪽을 가리키는 친족용어이며, 아내는 남편의 짝으로서의 여자이다. 영국의 소설가 로렌스는 '남편이 아내를 사랑하고 아내가 남편을 사랑하지 않고는 행복한 가정을 이룰 수 없다. 가정에서 느끼는 행복은 두 사람의 정신과 인격이 성숙해 감에 따라 점점 견고하게 된다. 서로가 그 정신을 높이고 인격을 원숙하게 해 나가다 보면 가정의 행복은 증진 되는 것이다.'라고 말했다.

남편과 아내, 즉 부부의 관계는 어떠한가? 가정에서의 남편과 아내는 기둥의 지위를 차지하며 그들 사이의 관계는 가족관계에서 가장 중심적인 관계이다. 왜냐하면 혼인으로 결합된 부부사이에 자녀가 태어나면 곧 둘은 부모가 되어 부모와 자녀의 관계가 생겨나고, 그것은 다시 형제자매들 사이의 관계와 같은 새로운 가족관계를 가져오게 되며, 또한 부부는 한집에 살면서 가정살림을 직접 조직하고 운영해야하는 가족관계에서 가장 중심적인 관계이기 때문이다. 가정에서 부부사이의 두터운 신임은 둘 사이의 사랑에 기초하고 있으며 부부간의 사랑은 가정살림을 운영하고 자녀들의 양육과 교양에 대한 책임과 이해관계의 공통성에 의하여 더욱더 두터워진다.

이상적인 부부 관계는 어떠해야 하는가? 첫째, 서로를 바라보고 주고받으며 서로 사랑하고 하나 되는 관계여야 하며 둘째, 서로를 달래주고 채워주며 서로 덮어주고 감싸주는 관계여야 하며 셋째, 서로를 보살피고 도와주며 위로하고 격려하는 관계여야 하며 넷째, 서로를 닮아가고 기뻐하며 서로를 이해하고 신뢰하는 관계여야하며 다섯째, 서로를 용서하고 치유해주며 서로를 인정하고 존중해 주는 관계여야 한다. 마지막으로, 남편과 아내도 사회생활에서의 대인관계처럼 에티켓, 예절을 지키는 것이다. 결혼이란 서로 다른 생활방식, 사고방식, 주위환경 속에서 살아온 두 사람이 부부가 되어 잘 살아보려고 노력하고, 의지하고, 다투며 살아가는 과정이다. 더없이 가까운 사이인 만큼 상처주고, 받기 쉬운 사이이기 때문에 '부부에티켓'과 각자의 '도(道)'를 지키는 것이다.

부부가 서로 행복하려면 어떻게 해야 하나? 첫째, 서로가 외롭지 않고 힘들지 않게 해야 하며 둘째, 슬프지 않게 해야 하고 화내지 않게 해야 하며 셋째, 서로가 오래 참고 웃게 해야 하며 넷째, 서로가 무례하거나 교만하지 않고 폭언하거나 폭행하지 않으며, 마지막으로 서로가 의심하거나 시험하지 않으며, 너그럽고 온유하며 친절해야한다. 한마디로 부부는 서로 부족한 것을 채워주고 감사해야하며, 서로 배려하고 용기를 북돋아주고, 좋은 일이건 나쁜 일이건 서로 상의하여 대소사(大小事)를 처리해야 한다.

우리네 인생살이에서 비록 남남이지만 노년에 이르기 까지 함께 동행 하며, 함께 행복을 나눌 수 있는 것은 남편은 아내, 아내는 남편 밖에는 없다. 프랑스 작가 앙드레 모로아는 '진실하게 맺어진 부부는 젊음의 상실이 불행하게 느껴지지 않는다. 왜냐하면 같이 늙어가는 즐거움이 나이 먹는 괴로움을 잊게 해주기 때문이다.'라고 말했다. 고려청자나 이조백자가 아무리 고귀해도 금이 가거나 깨지면 한낱 새금파리(깨진 사기조각)에 불과하다. 부부의 관계도 한번 금이 가거나 깨지면 봉합되기 어려운 법이다. 부부의 만남은 인연이자 운명이지만 관계는 노력이다. 유태격언에 '금과 은은 불 속에서 정련되어야 빛이 난다'라는 말이 있다. 노후까지 행복을 보장해주는 부부관계를 위한 노력이야 말로 삶의 우선순위인 것이다. 결국 부부사이도 서로 나무 가꾸듯 가꾸어야 한다. 생활의 지혜, 남편은 아내라는 나무, 아내는 남편이라는 나무를 어떻게 가꾸어나갈지 지금, 주도면밀하게 설계해 실천할 때이다.

끝으로 부부 교육 지침서라 할 수 있는 두 권의 책을 추천하고자 한다. 하나는 김옥림이 쓴 「아내가 남편에게 남편이 아내에게」, 또 하나는 김준기가 쓴 「남편과 아내사이」이다. 전자는 아내가 남편에게, 남편이 아내에게 서로 읽어주는 행복한 시간을 나눌 수 있게 해주며, 행복한 결혼 생활을 꿈꾸는 예비부부들은 물론이고 기혼자들에게도 충실한 안내자가 될 것이다. 후자는 일단 남편과 아내사이에 갈등이 없을 수 없다는 점을 기본전제로, 일단 현실을 인정하고 그에 대한 대응, 해결법을 이끌어나간 구조로, 누구나 일어날 수 있는 위기를 대비 하기위해, 특히 위기에 처한 부부들에게 훌륭한 조언자가 될 것이다.

2-3

동행(同行)

동행(同行)의 사전적 의미는 '둘 또는 여러 사람이 같이 길을 감, 같이 길을 가는 사람(들)'이다. 그런데 진정한 동행의 의미는 같은 '방향'으로 함께 가는 것이 아니라 같은 '마음'으로 함께 가는 것이다.

누군가와 함께라면 갈 길이 아무리 멀다 해도 갈 수 있고, 바람이 휘몰아치는 들판도 걸을 수 있으며, 위험한 강도 건널 수 있고, 높은 산도 넘을 수 있다. 나 혼자가 아닌 누군가와 함께라면 물에 빠진다 해도 손 내밀어 건져주고, 위험한 상황에서 몸으로 막아주며, 따뜻하고 정성스러운 마음으로 사랑하면 나의 길 끝까지 잘 갈 수 있다. 이 세상은 홀로 살아가기에는 너무 힘든 곳이기에 단 한 사람이라도 믿고 나의 모든 것을 보여줄 수 있어야 한다. 동행에는 기쁨이 있고 마음의 위로가 있다. 우리의 험난한 인생길, 누군가와 손잡고 걸어 가야하고 험난한 날들도 서로 손잡고 걸어가야 한다. 왜냐하면 손을 잡으면 마음이 따뜻해지기 때문이다. 아름다운 동행, 급난지붕(急難之朋)이란 어렵고 급할 때 함께할 친구, 동행이 있어야 한다는 뜻이다. 특히 부부가 노년에 금실 좋게 함께 동행, 화락(和樂)하게 해로(偕老)할 수 있다면 세상 어느 누구를 부러워하랴! 동행(同行)이 곧 동행(同幸)인, 함께하면 함께 행복할 수 있다.

인간은 상호 의존적 존재이다. 어느 한쪽의 일방적인 도움으로 살아가는 것이 아니라 서로 돕고 베풀고, 서로 의지하고, 서로의 존재에 감사해야 하며. 그리고 서로 존재의 가치를 인정해야 한다. 송나라때 문필가 왕안석의 명비곡에 나오는 '인생락재상지심(人生樂在相知心)'이란 말은 '서로가 알아주는 것이 인생의 즐거움' 이라는 말이다. 안개꽃이 혼자서가 아니라 다른 꽃(들)과 함께 일 때 더 아름답게 빛나듯 우리네 인생살이에서 다른 사람(들)과 동행도 마찬가지이다.

인문학전문가인 박영희교수는 '멀리가려면 함께 가라는 100세 인생의 행복키워드는 누군가와 함께하는 동고동락(同苦同樂)이다. 살아가기가 어려울 때 누군가와 동행이 없다면 암울한 세상을 견디기 힘들다. 아름다운 동행은 동고(同苦)를 통해 동락(同樂)할 수 있다'라고 말한다. 논어에서 공자님은 세상사는 즐거움 세 가지를 '익자삼락(益者三樂)'이라 했다. 첫째, '낙절예락(樂節禮樂)', 예에 맞게 행하는 것을 즐겨하고, 둘째, '낙도인지선(樂道人之善)', 남의 선(善)을 말하기 즐겨하며, 마지막으로, '낙다현우(樂多賢友)', 어진 친구를 많이 갖는 즐거움, 좋은 사람(들)과 동행 하는 것이 인생의 즐거움이다.

인생길에 동행이 있다는 것은 참으로 행복한 일이다. 힘들 때 서로 기댈 수 있고, 아플 때 곁에 있어 줄 수 있고, 어려울 때 힘이 되어 줄 수 있으니 서로 마음의 위로가 된다. 여행을 떠날 때 혼자라면 고독한 법인데 서로 눈 빛 맞추며 웃으며 동행하는 이 있다면 참으로 행복한 일이다. 사랑은 홀로 할 수 없고, 맛있는 음식도 홀로는 맛이 없고, 멋진 영화도 홀로는 재미가 없고, 예쁜 옷도 보아주는 사람이 없다면 무슨 소용이 있으며, 재미있는 이야기도 들어 주는 사람이 없다면 독백에 불과하다. 홀로는 외롭고, 고독하고, 즐겁지 않다.

'인생길에 동행하는 사람이 있다면 더 깊이 사랑해야 한다. 그 사랑으로 인하여 오늘도, 내일도 행복할 수 있기 때문이다. 동행하는 그대를 생각하면 내 마음 깊은 곳 까지 따뜻해지며, 나를 보는 그대의 선한 눈망울을 보면 금방이라도 사랑한다고 말할 것 같다. 그대가 내 곁에 없을 때는 이름을 가만히 불러보면, 보고 싶은 그대의 얼굴이 떠올라 마음이 따뜻해져 온다. 내 마음을 감싸는 그대의 손길을 느낄 수 있고 나를 사랑하고 있음을 알 수 있다. 쉬지 않고 흘러가는 시간 속에 사랑이 시작되는 곳에서 삶이 끝나는 날까지 언제나 그대와 동행하고 싶다'라고 시인 용혜원은 '동행'에서 말한다. 문학평론가 이어령

교수는 한 인터뷰에서 '사회적으로 비록 성공했다 하더라도 동행하는 이 없다면 성공한 사람이라 말 할 수 없다'라고 인생길에 '동행'의 중요성을 강조했다.

가수 김종환이 작사하고 그의 딸 리아킴이 부른 '위대한 약속'중 한 소절 '비가 오거나 눈이 오거나 때론 그대가 아플 때도 약속한 그대로 그대 곁에 남아서 끝까지 살고 싶습니다'의 노랫말처럼 인생의 최후까지 나의 행복을 위해 함께 동행 할 수 있는 단 한 사람만 이라도 소중히 간직하기위한 노력, 그것이야 말로 진정한 삶의 지혜가 아니고 무엇이겠는가?

2-4

인연(因緣)

인연이란 사람들 사이에 맺어지는 관계나 어떤 사물과 관계되는 연줄을 의미하고, 일의 내력 또는 이유를 말할 때 쓰이며, 그리고 원인이 되는 결과의 과정이다. 춘원 이광수는 인연을 '생명을 가진 것 치고 안전한 것은 없다. 인연이 닿는 시각을 피할 도리는 없으며, 그것을 피하는 첫길은 아예 인연을 맺지 않는 것이 첫째 길이요, 이왕 맺은 인연이거든 앙탈 없이 순순히 받는 것이 둘째 길이다'고 말했으며, 혜민 스님은 '사람과의 인연은 본인이 좋아서 노력하는 데도 자꾸 힘들다고 느껴지면 인연이 아닌 경우이며, 될 인연은 그렇게 힘들게 몸부림치지 않아도 이루어지므로 너무나 힘들게 하는 인연은 그냥 놓아 주어라'고 말한다. 사자성어의 거자불추(去者不追)와 내자불거(來者不拒)는 '가는 사람 붙잡지 말고 오는 사람 뿌리치지 말라'

는 말이다.

법정스님은 인연에 대해 '수많은 사람들과 접촉하며 살아가고 있는 우리지만 인간적인 필요에서 접촉하며 살아가는 사람들은 주위에 몇몇 사람들에 불과하고, 그들만이라도 진실한 인연을 맺어 놓으면 좋은 삶을 마련하는 데는 부족함이 없다'고 말했다. 그렇다. 우리가 인연을 맺을 때 필요한 3가지 불가결한 요소는 진실, 인간미, 그리고 노력이다. 그중에서 으뜸은 진실이다. 법정스님은 덧붙여 '진실은, 진실 된 사람에게만 투자해야 좋은 결실을 맺는다. 우리는 인연을 맺음으로써 도움을 받기도 하지만 그에 못지않게 피해도 많이 당하는데 대부분의 피해는 진실 없는 사람에게 진실을 쏟아 부은 대가로 받는 벌이다'라고 끝을 맺었다. 좋은 인연이란 '시작이 좋은 인연'이 아닌 '끝이 좋은 인연'이다. 사실 시작은 나와 상관없이 시작되었어도 어떻게 마무리하는 가가 중요하다. 그러나 그것도 상대의 도(道)를 넘는 무지막지함에는 내 노력은 물거품이 되어 상흔만 남고 악연으로 끝이 나게 된다.

본디 인연이란 각자의 삶에서 각자에게 가장 필요할 때 나타는 법이다. 기회는 자주오지 않고 그 기회를 인연으로 만들고, 그 인연을 행운으로 바꾸는 것은 나 자신이다. 상대의 부족한 부분을 보고 그 사람을 바꾸기 위해 노력하기 보다는 그대로의 모습을 이해하고 사랑해야 한다. 특히 친구사이, 연인사이가 그렇다. 시인이자 수필가 피천득의 수필집 「인연」에서 '얼마나 고운 인연이기에 우리는 만났을까요? 많은 눈물짜내어도 뗄 수 없는 그대와 나, 인연인 것을 내 숨결의 주인인 당신을 바라봅니다. 내 영혼의 고향인 당신을 향해 갑니다'처럼 소중한 인연, 변함없는 마음을 지니며, 성경에서도 '네가 대접 받고 싶은 대로 남을 대접하라'처럼 인연을 악연으로 만들지 혹은 악연을 다시 인연으로 만들어 갈지는 '상대를 이해하려는 마음이 있느냐, 없느냐'에 있다.

우리네 인생에서 인연 중 하늘이 맺어준다는 가족인 부모와 자식, 그리고 형제자매, 남매는 필연이다. 그러나 그 필연도 어쩌다 깨지고 서로 상처내고 아픔으로 끝이 나는 경우도 있지만 대부분의 사람들은 그 인연 줄만은 지키려고 노력하며 살아간다. 그렇다면 부부의 인연은 어떠한가? 그 줄이야 말로 동아줄인 것이다. 전생에 원수끼리 만나는 것이 부부라고 했던가? 황혼이혼이 급증하고 있는 지금의 세태에 끝까지 함께 한다는 것은 그렇게 쉬운 일은 아닌 것 같다. 세상 그 어느 것보다도 한 가정을 지키며 자식들 잘 키워 여우고 젊은 시절 사랑하는 마음 변함없이 백년해로 하는 것이야 말로 고귀하고 성공한 삶이다. 백발이 성성하고 주름진 얼굴에 미소와, 주름진 야윈 손을 서로 정답게 잡고 해변을 걷는 노부부의 모습에서 수많은 인연들 중 진정한 인생의 '아름다운 인연'을 보게 되는 것이다.

어리석은 자는 귀인을 몰라보고, 보통사람은 귀인일 줄 알면서도 놓치지만, 현명한 사람은 귀인과의 인연을 어떻게든 살려

낸다. 인연은 일생에서 단 한번뿐이다. 인생은 뜻대로 되지 않는 법. 인연도, 운명도, 그리고 인간관계도 마찬가지이다. 하지만 최소한의 노력과 용기들이 갖추어져 있을 때 오랫동안 인연을 만들어 갈 수 있으며, 설령 우연히 만난 인연이라도 그것이 마음에 와 닿고 서로 깊은 관계를 유지하게 된다면 상대를 소중하게 여겨야 한다. 생활의 지혜, 인연과 좋은 관계를 유지하려면 가장먼저 나부터 챙겨야한다. 관계는 내가 대해준 만큼 돌아오는 법이다. '인연이란, 인내를 갖고 공(功)과 시간을 들여야 비로소 향기로운 꽃을 피우는 한포기 난초이다' 헤르만 헤세의 말이다.

2-5

정(情)

정(情)이란 무엇인가? 인간의 본성중 하나로 오랫동안 지내오면서 생기는 사랑하는 마음이나 친근한 마음, 느끼어 일어나는 마음으로, 심리학에서는 마음을 이루는 두 가지 중 이지적(理智的)인 요소에 대비되는 감동적인 요소를 말하며, 불가에서는 혼탁한 망념(妄念)으로 본다. 맹자는 '성(性)은 마음의 이치요, 정(情)은 마음의 쓰임이다'라고 말했는데 '잔잔한 마음에 무언가 움직임이 시작되면 그것이 곧 정'이라는 말이다. 미국에 '사랑'이 있다면 '정'은 한국적인 정서로, 친밀한 사람들 사이의 따뜻한 감정을 의미한다. 끈끈한 정이란 아껴주고, 함께 있으면 편하고, 오랜만에 만나면 반갑고, 잘못을 이해해주고, 흉허물 없이 굴 수 있는 마음이다. 어느 광고 카피 '말하지 않아도 알아요'처럼 그런 마음이기도하다. 사자성어 한정담원(閑

情淡遠)은 '큰 정은 영원하고 담백하다'는 말이다.

인간의 정이란, 주고받음을 떠나서 사귐의 오램이나 짧음에 상관없이 서로 만나 함께 호흡하다 정이 들면서 더불어 고락도 나누고 기다리고, 또한 반기기도 한다. 기쁘면 기쁜 대로 슬프면 슬픈 대로, 있으면 있는 대로 없으면 없는 대로, 또한 아쉬우면 아쉬운 대로 그렇게 소담하게 살다가 미련이 남더라도 때가되면 보내는 것이 정인 것이다. 어찌 보면 '산다는 것은 끊임없이 쌓이는 먼지를 닦아 내는 것'과도 같다.

사랑을 애정(愛情)이라고도 하는데, 애(愛)의 상황과 정(情)의 상황이 복합적으로 융화된 감정이 가장 바람직한 상태의 사랑인 것이다. 같은 마음이더라도 애는 동적이고, 충동적인데 반해 정은 정적이요, 없는 듯 있는 것이다. 또한 애는 사람 사이의 만남의 순간이나 초반에 발생하는 것에 반해, 정은 시간이 어느 정도 지나거나, 한참 지난 후에야 발생하는 것이다.

사랑과 정의 차이를 <인생을 바꾸는 명언>앱에서 '사랑은 시간이 지날수록 줄어들지만 정은 시간이 지날수록 늘어가며, 사랑은 좋은걸 함께 할 때 더 쌓이지만 정은 어려움을 함께할 때 더 쌓이는 법이다' 또한 '사랑은 꽂히면 뚫고 지나간 상처도 곧 아물지만, 정이 꽂히면 빼낼 수 없어 계속 아픈 법이며, 사랑이 깊어지면 언제 끝이 보일지 몰라 불안하지만 정은 깊어지면 마음대로 뗄 수 없어 더 무서운 법이다' 그래서 '사랑은 상큼하고 달콤하지만 정은 구수하고 은근하며. 사랑은 돌아서면 남남이지만 정은 돌아서도 다시 우리가 되는 것이다'고 한다.

정이 든다는 것은 무엇인가? 함께 기뻐하고 슬퍼하며, 무엇이라도 나누어 가진다는 것을 실감하고, 언제 어디서라도 곁에 있다는 것을 실감하며, 서로가 존재하는 이유를 알고, 한자人(사람인)처럼 서로를 기대고 있는 아름다운 인간관계인 것이다. 그렇다면 깊은 정이 들었다는 것은 무엇인가? 서로를 걱정하는 시간이 많아지고, 나보다 당신이 더 행복했으면 좋겠다는 마음이며, 그리고 당신의 아픔이 나를 아프게 하고, 당신의 슬픔이 나를 눈물짓게 하는 것이다. '햇빛은 달콤하고, 비는 상쾌하고, 바람은 시원하며, 눈은 기분을 들뜨게 한다. 세상에 나쁜 날씨란 없다. 좋은 날씨만 있을 뿐이다. 인간관계도 마찬 가지여서 누군가와 정을 나눈다는 것은 좋은 것만 있을 뿐이다' 영국의 평론가 존 러스킨의 말이다.

'멀리 있어도 마음이 있으면 가까운 사람이며, 마음이 없으면 먼 사람이니 사람과 사람 사이는 거리가 아니고 마음이다. 인간관계에서 물리적인 거리보다 마음의 거리가 훨씬 더 중요하다' 자영스님의 말씀이다. 그렇다. 우리사이에 오고 가는 것은 거리도, 말도 아닌 '마음' 바로 '정'이다. 우리의 '정'은 서로를 신뢰하고 아끼며 생긴 것이다. 따뜻함에 마음이 녹고, 다정함에 미소 지어지고, 상냥함에 정이 들어 친구도 되고 연인도 된다. 이규태가 쓴 「한국인의 의식구조」에서 '한국인의 인간관계에 있어 소중한 사이를 이상적으로 유지하는데 필요한 정서적·심정적인 요인이 정(情)이다. 곧 정은 한국적 인간관계 유지를 위해 재 발견돼야할 심정적 자원(資源)이라 할 수 있다'고 말했다.

사람을 얻는 것만큼 큰 자산은 없다. 인간관계에서 오가는 '정'을 소홀히 하거나 경시하지 않는 것, 각박한 요즘 세상에 가장 중요하며, 특히 정(情)과 이상적인 관계에서 접점을 찾아야 하는 삶의 지혜가 필요하다. 끝으로 영어속담을 인용한다. 'One good turn deserves another(가는 정이 있어야 오는 정이 있다)'

2-6

첫사랑

첫사랑을 사전에서는 '맨 처음으로 느끼거나 맺은 사랑'으로 맺은 것뿐만 아니라 느낌도 첫 사랑으로 정의하고 있다.

유태인의 규범이 되어 있는 탈무드에서는 사랑을 '세상에는 열두 가지의 강(强)한 것이 있는데, 첫째는 돌이 강하지만 돌은 쇠에 의해 깎이고 쇠는 불에 녹아 버린다. 불은 물에 의해 꺼지고 물은 구름 속으로 흡수되어 버린다. 구름은 바람이 불면 날려 가지만, 인간을 날려 버리지는 못한다. 그 인간도 공포에 의해 비참하게 일그러진다. 공포는 술에 의해 제거 되지만, 술은 잠을 자고 나면 깨게 된다. 그 수면도 죽음만큼은 강하지는 않다. 그러나 그 죽음조차도 사랑을 이기지는 못한다.'라고 정의했다.

사춘기가 시작될 무렵 이성에 눈을 뜨는 순간을 맞이하게 된다. 그 이후 어느 날인가 사랑을 만나게 된다. 서로는 아직 사랑이라는 진정한 의미를 모른 채 사랑에 빠지게 된다. 그것이 평소 주위 사람들에게 따뜻한 사랑과 정을 받지 못한 사람들은 이성의 사랑에 더욱, 그리고 쉽게 빠지게 된다.

서로는 꾸밈이나 가식은 결코 없으며, 아니 그럴 필요도 느끼지 않게 된다. 서로는 실제 미래에 살지 않으면서 미래 속에 있다. 서로에게 지난 과거는 결코 중요하지 않을 뿐만 아니라 관심도 없으며, 복잡하고 구차한 현실은 결코 어떤 의미도 부여하지 않는다. 서로는 그저 같이 있다는 것만으로 만족할 뿐이며 서로 대화를 나누는 것 이상을 요구하지 않는다. 같이 있을 수 있다는 것만이 유일한 행복이며 헤어진다는 것은 결코 상상도 할 수 없다.

서로가 사용하는 언어는 오페라 이며, 주고받는 편지들은 시(詩)이자 단편 문학들이다. 대화를 아무리 오래 했다 해도 시간의 흐름이 아쉬울 뿐이며 아직도 할 말은 얼마든지 많이 남아 있다. 때로는 함께 길을 걷노라면 아무런 대화도 필요하지 않을 때도 있다. 이미 서로의 마음과 마음이 닿았기 때문이리라. 그러다가 서로 헤어져 돌아와 홀로 방안에 있노라면 온 방안은 그리움으로 숨이 막힐 뿐이다.

서로는 주인공이 되어 무대에서 공연을 하게 된다. 서로는 결코 지치지도 피곤함도 모른다. 그러나 지켜보는 관객들은 갈채를 보내기 보다는 조소와 야유를 보내지만 서로는 그런

조소와 야유에 귀머거리가 되고, 장님이 되어 아무것도 의식하지 않는다. 설사 그것이 더욱 심화되고 어떤 문제를 야기 한다 해도 서로에게는 그것들이 결코 장해요소가 되지 않는다. 오히려 그런 장해요소들은 서로를 굳게 이어주는 끈이 되어줄 뿐이다.

서로의 가슴속에는 패배를 모르는 기쁨과 희열로 가득 차 있을 뿐이다. 그러나 세월은 서로를 내버려 두지 않고 시험해 본다. 말할 수 없는 어려움에 봉착하게 하여 갈등과 회의를 겪게 하며, 또한 생활의 어려움을 겪게도 한다. 그러나 어떤 물질, 명예. 육신의 편안함에 굴하지 않고 서로는 인내와 용기, 그리고 격려 속에 삶의 터전을 마련한다. 그리고는 만일 서로가 이루지 못 했다면 평생을 추억과 그리움 속에 살아가야 할 것을 염려하며 첫사랑과 백년해로 하는 것이 최고의 삶의 행복이며 자산이라고 확신하게 된다. 그리고 첫사랑을 버린 자 에게 성서에서 말한 것처럼 '너희는 왜 처음 사랑을 버렸느냐?'라고 책망하면서!

그런데 그 첫사랑과의 백년해로만이 행복이며 자산이라고 확신하게 되기 위해서는 반드시 지켜야할 결혼 생활에서 세 가지 덕목이 있다. 첫째 서로 상대를 존중해 주며, 둘째 서로 상대를 인정해 주며, 셋째 공(功)이 있으면 그 공을 상대에게 돌려 줄 수 있어야 한다. 첫사랑은 대체로 이루기 어렵기에 더욱 더 고귀하다. 우리는 첫사랑을 이루어 노년까지 행복할 수도, 첫사랑을 이루었지만 불행의 나락으로 떨어지는 경우도 있고, 그리고 독일 대문호 괴테의 「첫사랑」이란 시(詩) '아! 누가 그 아름다운 날을 가져다 줄 것이냐, 저 첫사랑의 날을. 아! 누가 그 아름다운 때를 돌려 줄 것이냐, 저 사랑스러운 때를' 에서처럼 첫사랑을 이루지 못해 평생을 그립고 아쉬워하며 살아가는 경우도 있다. 그 고결하고도 숭고한 첫사랑과 맺은 인연, 물론 모든 부부들에게도 해당되겠지만, 세 가지 덕목과 더불어 심리학자 스턴버그가 말한 사랑의 3대 요소 친밀감, 열정, 책임감(약속)을 생활 속에 변함없이 실천하고, 그리고 서로의 도(道)를 지켜 나가는 것이 행복한 결혼 생활, 특히 첫사랑과의 소중한 인연을 죽는 날까지 변함없이 이어나갈 수 있는 삶의 지혜이다.

2-7

사랑

사랑이란 무엇인가?

'사람이나 존재를 아끼기 위하여 정성과 힘을 다하고 귀중히 여기는 마음'으로 정의한다. 사랑은 긍정적 감정뿐만 아니라 그리움이나 안타까움과 같은 부정적 감정까지도 포함한다. 우정의 요소에 열정과 돌봄이 포함될 때 사랑이 된다. 사랑이 우정으로 바뀌는 경우는 드물어도 우정이 사랑으로 바뀔 수는 있다. 신뢰에 바탕을 둔 안정적 애착이 사랑의 근간이 된다. 사랑의 삼각형 이론에서 친밀감, 열정 및 개입이 충만하게 균형을 이룬 상태가 완전한 사랑이다.

사랑의 종류에는 어떤 것 들이 있는가?

사람들이 '사랑'이라는 단어를 떠올릴 때 이성간의 사랑만을 생각하지만, 여러 가지 종류가 있다. 첫째, 주로 이성간의 사랑을 뜻하며 보통명사로 열정적인 '사랑'을 의미하는 에로스(eros)가 있다. 둘째, 종교적인 무조건적이고 일방적인 사랑이나 자신을 희생함으로써 실현되는 이타적(利他的)사랑 아가페(agape)가 있다. 셋째, 상대방이 잘 되기를 바라는 순수한 마음으로 친구나 동료의 사랑 필리아(philia)가 있다. 넷째, 오랜 우정과 같은 사랑이나 부모자식 간, 혈육 간의 사랑인 스트로게(storge)가 있다. 다섯째, 카사노바처럼 유희하듯 즐기는 사랑, 단지 만남 자체만을 즐기는 루두스(ludus)가 있다. 여섯째, 마음이 아닌 머리로 하는 사랑으로 원하는 이성의 조건을 나열해두고 해당 조건에 맞는 사람을 사랑하는 프래그마(pragma)가 있다. 일곱째, 격정적인 사랑, 소유적인 사랑으로 광기, 오기, 분노가 지속되는 집착의 사랑 매니아(mania)가 있다. 마지막으로, 순수하고 정신적인 비성적(非性的)사랑 플라토닉사랑(platonic love)이 있다.

사랑의 가치는 무엇인가?

사랑이 부족한 시대, 우리는 사랑을 어떻게 생각하고 행해야 하나? 첫째, 사랑은 절대적 믿음이다. 사랑은 시공을 초월한 서로에 대한 믿음이며 그 믿음으로 맺어진 영원히 함께 하고자하는 소망이다. 둘째, 사랑은 비교할 수 없는 가치이다. 그러므로 사랑은 공평한 평등가치를 지닌 존재이다. 셋째, 사랑은 경계선 없는 조건 없는 마음가짐이다. 사랑은 아무나와 할 수 없는 것이며 아무 때나 느낄 수 없는 것으로 각자에게 사랑이 온다면 모든 조건을 넘어서야 한다. 넷째, 이해타산을 따지는 계산적 사랑은 진정한 사랑이 아니다. 사랑의 손실과 이익을 계산기로 두드린다면 사랑이 아닌 합리적 거래이다. 마지막으로 사랑도 본디 노력해야만 얻을 수 있는 것이다. 영국의 철학자 버트란트 러셀은 '행복은 주어지는 것이 아니라 노력으로 정복하는 것'이라고 말했다. 사랑도 마찬가지이다. 학생이면 공부도 열심히 해야 하고 생활인 이면 밤을 새 일도 해야 하듯 사랑도 열심히 평생 노력하고 공을 들여야 얻고 지킬 수 있는 것이다. 사랑의 진정한 가치, 사랑을 진심으로 사랑하며 평생 그 사랑을 간직하며, 오랫동안 기억해야 한다.

인생에서 가장 소중한 것이 사랑이다. 사랑은 인생의 꽃밭 향기이며, 봄날의 따사로운 햇볕이다. 사랑은 인생의 의미와 가치를 부여해 주고, 인생에 희망과 용기를 갖고 살아갈 수 있게 해줄 뿐만 아니라 힘을 북돋아 주기도 한다. 인간은 사랑의 정(情)이 주는 따스함과 편안함, 그리고 행복감이 있어 괴롭고 힘든 삶도 이겨낼 수 있다. 특히 노인의 삶에서 사랑이 불가결한 이유이기도 하다. 사랑한다는 것은 상대방의 인격을 존중하고, 따뜻한 관심을 갖는 것이며, 상대방을 깊이 이해하고 내가 가진 것을 아낌없이 주며 결코 생색 내지 않는 것이다. 수필가 이석기는 '사랑은 위대한 가치이면서 근본적인 가치이며 영원한 가치이다. 사랑이 없는 인생은 행복할 수 없다. 사랑은 살아가는데 빛과 향기를 주고, 기쁨과 보람을 주는 것이다'고 말한다.

삶의 지혜, 내가 하는 지금의 사랑은 어떤 것인가? 정녕 내

사랑이 합리적이고 건설적이며 진실 된 것인가? 개선할 점이 있다면 무엇을, 어떻게 해야 할까? 우리 모두 지금, 자문자답해 보고 개선할 점이 있다면 실행할 때이다.

끝으로 사랑에 대한 명언을 인용하고자 한다. 영국의 저술가 사무엘 스마일스는 '사랑이 있기 때문에 세상은 항상 신선하다. 사랑은 인생의 영원한 음악으로, 젊은이 에게는 빛을 주고 노인에게는 후광을 준다'고 했고, 발명가 카트라이트는 '사랑은 나이 들어 생기 없는 사람들을 젊게 만들고, 젊음을 찾는 사람들에게는 언제까지나 젊게 만든다'고 말했다. 마음에 새겨 둘 만한 글귀이다.

2-8

어머니

어머니란 자식을 출산하고 기르는 자로, 육아를 하고 입양을 하였거나 보육원을 책임지는 여성일 경우에도 어머니로 불려진다. 그리고 우리사회에서는 배우자의 부모님도 자신의 부모님이 된다.

'어머니', '엄마'는 눈물을 동반하는 단어이다. 어려서 다치거나 아플 때 '엄마!'하면서 우는데, 나이가 들어서도 힘들 때면 '어머니!'라고 부르면서 장탄식하거나 울기도 한다. 남자들이 군대에 가면 '어머니'라는 세 글자만 봐도 눈물이 나며, 어머니 사진을 보거나 어머니와 처음 전화 통화를 하게 되면 대개는 눈물을 흘린다. 또한 5~60대 나이가 들어갈 무렵 어머니가 작고하시고 안 계시면 어머니라는 단어만 떠올려도 가슴이 멍멍해져오고 눈가에 이슬이 맺힌다. 미국의 사회개혁가였던 헨리

워드 비처는 '우리가 부모가 됐을 때 비로소 부모, 특히 어머니 사랑의 고마움이 어떤 것 인지 깨달을 수 있다'고 말했다.

오늘날 젊은이들이야 이해하기 어렵겠지만, 기성세대들의 어머니들은 어떠하셨는가? 한여름 뙤약볕을 머리에 인 채 호미 쥐고 온종일 밭을 매셨고, 그 고된 일 끝에 찬 밥 한 덩어리로 부뚜막에 걸터앉아 끼니를 때우셨으며, 한겨울 꽁꽁 언 냇물에 맨손으로 빨래를 하셨고, 보이그룹 god가 부른 '어머님께'라는 노랫말 중 '어머님은 자장면이 싫다고 하셨어.'처럼 더운밥, 맛난 반찬 자식들 다 먹이고 숭늉으로 허기를 달래시거나 솥 밑바닥에 보리 깔고 위에는 쌀을 얹어 자식들에게는 쌀밥 주시고 당신은 보리밥 자셨으며, 손과 발이 흙과 추위에 헤져 이불에 닿으면 소리를 내고, 손톱은 깎을 수 없을 정도로 닳았으며, 술 좋아하신 아버지 술주정 다 받아 주시고, 때론 기방, 노름방 출입하시거나 심한 경우 첩실을 두어도 자식들 생각해 참고 견디시며 홀로 눈물 훔치시던 어머니! 그런 어머니가 계셨기에 자식들이 제 나름대로 성장해 여러 분야에서 성공하여 사회의 중추적 역할을 해 오고 있는 것이다.

미국 대통령 링컨은 '내가 성공을 했다면, 오직 천사 같은 어머니 덕이다'고 말했다. SG워너비 멤버 김진호가 부른 '가족사진'2절 가사 '내 젊음 어느새 기울어 갈 때쯤 그제야 보이는 당신의 날들이 가족사진속에 미소 띤 젊은 아가씨의 꽃피던 시절은 나에게 다시 돌아와 나를 꽃 피우기 위해 거름이 되어버

렸던 그을린 그 시간들을 내가 깨끗이 모아서 당신의 웃음꽃 피우길'은 어머니의 자식을 위한 희생, 인류의 원초적 본향인 어머니에 대한 기억과 회한이 가득하다.

설화 하나를 인용한다. "사랑에 눈먼 한 젊은이가 사랑을 고백한 연인이 자신을 진정으로 사랑한다면 어머니의 심장을 가져오라 하자, 집으로 달려가 어머니의 심장을 빼앗아 연인에게 달려가다가 그만 돌부리에 걸려 넘어지면서 어머니의 심장도 길가에 내동댕이치고 말았다. 그러자 어머니의 붉은 심장이 말했다. '얘야! 어디 다친 데는 없니?'" 이것이 우리 어머니의 마음인 것이다. 지난날을 돌이켜 보면 우리의 어머니들은 고단한 일상에도 불구하고 그리스도인 이면 새벽에 예배당에 나가 주님께, 불자면 지극 정성으로 엎드려 절하며 부처님께, 아니면 어디서 구해 오셨는지 집안 한쪽에 둔 작은 돌 불상 앞에서, 하다못해 아침밥 짓기 전 부엌에 정화수 떠 놓고 조항신께 라도 자식 잘 되기를 비신, 그 덕분으로 우리는 이 험난한 세상에 지금까지 이렇게 무탈하게 살고 있지 않나 생각해 본다.

과거 한 방송사에서 군부대를 무대로 '우정의 무대'라는 프로그램의 주제가 '그리운 어머니'의 노랫말을 인용한다. '엄마가 보고플 때 엄마 사진 꺼내 놓고 엄마 얼굴 보고나면 눈물이 납니다. 어머니 내 어머니 사랑하는 내 어머니, 보고도 싶고요 울고도 싶어요. 사랑하는 내 어머니!' 가사만 봐도 어머니에 대한 생각, 그리움이 뼈 속 깊이 사무쳐 온다. 소크라테스는 '내

자식들이 해주기 바라는 것과 똑같이 부모에게 행하라.'는 말과, 한(漢)나라 때 한영이 쓴 「한시외전」에 '나무가 고요하고자 하나 바람이 멈추지 않고, 자식이 효도하고자 하나 부모가 기다리지 않는다'는 말처럼 부모 생전에 효도 하지 않았거나, 불효하고서 돌아가신 후에 후회한들 무슨 소용이 있겠는가? 살아생전 부모 섬김과 감사하는 마음, 이것이야 말로 인간의 가장 기본적인 삶의 지혜이다.

끝으로 유교의 경전중 하나인 「시경」에 나오는 한 구절을 인용한다. '슬프도다! 어머니는 나를 낳았기 때문에 평생 고생만 하셨다.' 가슴 저미는 글귀이다.

2-9

부모의 자녀교육 1

슬하(膝下)라는 말은 사전적 의미로 '무릎의 아래'라는 뜻으로 '거느리는 곁이나 품안, 주로 부모의 보호영역'을 이를 때 쓰는 말이다. 정중하거나 조심스러운 표현으로 상대의 자식 숫자를 물을 때 우리는 보통 '슬하에 자녀를 몇이나 두셨나요?' 라고 묻는다. 문자 그대로 자식은 부모의 보호영역에서 거느려야 하는 대상이다.

유태인의 자식교육법에서 오늘날 우리에게 적용할 수 있는 몇 가지를 들어보자. 유태인들은 '남보다 뛰어나라.'가 아닌 '남과 다르게 되라.'고 가르친다. '배우기 위해서 잘 듣는 것보다 말 잘 하는 편이 낫다.' '싫으면 그만 두어라보다는 최선을 다하라.' 라고 가르친다. '특유의 재능을 개발시키는 데는 어머니의 지도가 필요하다. 몇 개의 외국어를 할 수 있도록 어릴 때부터 습관을 들인다. 자녀를 오른손으로 벌을 주고 왼손으로 껴안아 준다. 자녀가 숙제를 못해도 부모가 도와주지 않는다. 아버지는 유산을 남기지 않겠다고 미리 말한다. 자기의 노동으로 돈을 버는 것을 가르친다. 가족끼리 함께 하는 시간은 좋은 교육기회라는 것을 인식시킨다.' 그래서 유태인들은 저녁시간 가족들 모두 한자리에 모여 탈무드를 읽었던 것이다. 바로 그 자녀들이 자라 비록 소수 민족이지만 각계각층에 인재들이 많아 거대 미국을 이끌어 나가는 중추적 역할을 하고 있는 것으로 보아 한 국가의 번영과 안정은 가정의 자녀교육이 초석이 되어야 하는 것이다. 다시 말해 자녀교육은 예나 지금이나 변함없는 가족의 기본적인 기능으로 자녀를 낳아 길러 창조성이 넘치는 인간을 형성시켜, 그것이 사회를 구성하며, 사회를 창조 발전시키게 되므로 자녀교육은 부모에게 주어진 중요한 역할이 된다.

유태교의 법전인 탈무드에 의하면 '신(神)이 항상 같이 있을 수 없어서 자기 대신에 어머니를 같이 있게 해주었다.'고 한다. 부모는 자녀를 갖게 되는 그날부터 그를 양육하고 교육시킬 의무를 지닌다. 옛 중국의 지식인들은 '어렸을 때 물이나 불과 같은 재앙을 당한 것은 어머니의 잘못이고, 15세가 되었는데도 스승을 만나지 못해 글과 학문을 배우지 않았다면 아버지의 잘못이고, 스승을 만났는데도 학문에 뜻을 두지 못하고 방향을 정하지 못했다면 자신의 잘못이다'라고 했다. 우리가 유교사상에 입각하여 자녀를 대하였던 지난 과거에는 지나친 엄격함과 권위로써 교육하고자 하였고, 아동지향주의 문명이라고 해도 과언이 아닌 서양사상의 영향을 많이 받은 오늘날은 너무나 자녀들을 이완(弛緩)시키려 하고 있다. 너무 지나친 애정도, 너무 애정을 주지 않는 것도 나쁘다. 인간사에 다 그렇듯이 극단은 좋지 않은 법이다. 노자 60장에 '치대국약팽소선(治大國若烹小鮮)'이란 말이 있다. '큰 나라를 다스리는 자는 작은 생선을 요리하듯 해야 한다.'는 의미로 자녀교육법에 적용해 보면 자녀들에게 올바른 환경을 조성해 주고 지켜보되 일일이 간섭하면서 밥을 떠먹여 주어서는 안 된다는 것이다.

요즈음은 자녀들의 부모가 되기보다는 스스로 자녀들의 종이 되고자 하는 것 같다. 우리속담에 '엄한 부모 밑에서 효자난다.' 고 하는 말이 있다. 일찍이 자녀들의 뜻만 너무 떠받들었던 많은 사람들이 그 자녀에게서 불을 받았다. 고사성어에 자모유패자(慈母有敗子)라는 말이 있다. 자애가 지나친 어머니의 슬하에서는 도리어 방자하고 버릇없는 자식이 나옴을 이르는 말이다.

성경에서 '체벌을 두려워하는 자는 자식을 망치게 한다.'라는 구절이 있는데, 잠언에서 우리의 자녀교육에 대한 많은 가르침이 있으니 그리스도인이 아닐지라도 익힐 가치가 크다.

-후반부는 다음 자녀교육2에 계속됩니다.

2-10

부모의 자녀교육 2

-자녀교육1에서 계속 이어집니다.

요즈음 세분화·분업화·전문화된 산업사회의 발달로 말미암아 자녀와의 대화시간이 적어지거나 없어졌다고 한다. 어쩌다 대화시간이 마련되면 그 기회를 놓치지 않고 부모들은 자녀들 앞에서 자신의 이야기로 열을 올리는 경우도 있다. 그러나 그것이 자녀와의 대화는 아닌 것이다. 진정한 자녀와의 대화는 자신의 마음을 비우고 자녀들이 허심탄회하게 자신의 뜻을 부모에게 토로하고 상의할 수 있게 해야 한다. 그리고 문제점을 찾아 적절한 해결책을 찾아야 하겠다. 문제가정에 문제아는 생기게 마련인 법이다. '부모가 반 팔자'라는 말이 있다. 또한 '부모가 온 효자 되어야 자식이 반 효자'라는 말이 있다. 사람은 어떤 부모를 만났는가 하는 것이 자기 운명의 절반을 결정한다는 뜻으로, 사람의 운명이 부모에 의해서 크게 영향 받게 됨을 비유적으로 이르는 말이며, 그리고 부모가 잘해야 그 자식이 효자 노릇을 하게 된다는 의미이다.

상황에 따른 자녀와의 대화법을 살펴보기로 하자. 공부에 관해서는 왜 공부를 잘 해야 하는지 이유를 명쾌하게 설명해야 한다. 교우에 관해서는 자녀가 나쁜 친구와 헤어지기를 원할수록 자녀의 친구가 마음에 들지 않아도 직접적으로 비난하지 말고 자녀가 다른 곳에 흥미를 갖도록 전략을 짜서 대화해야 하고, 생활습관에 관해서는 '알아야 할 모든 것은 유치원에서 배운다.'라는 말이 있듯이 어린 시절(6세정도)에 좋은 습관을 들일 수 있도록 엄격하게 살펴야 할 것이다. 초등학생만 되어도 부모가 잔소리 한다고 해서 이미 물든 습관을 쉽게 고칠 수 없으므로, 이럴 땐 자녀와 마주 앉아 상황을 솔직히 말하고 스스로 자신의 습관을 고쳐야겠다는 생각이 들도록 깨우쳐 주어야 한다. 자녀를 위한 교육의 시간을 단순한 대화 몇 마디로 해결하려 하지 말고 평소 생활 속에서 부모가 자녀들에게 건전하고, 성실한 생활 자세를 보여주고, 대인관계에 있어서도 윗사람에게 공경으로 대하고, 아랫사람에게는 사랑으로 대하는 생활 자세를 실천해 보여주어야 할 것이다. 백 마디의 언어적 교육보다는 한 번의 실천이 자녀 교육에 훨씬 설득력이 있기 때문이다. 다시 말해 자녀교육은 부모가 본(本)을 보여야 하는 것이다.

진정한 자녀교육은 그들에게 관심을 보여주는 데서부터 출발한다. 권위로 자식을 누르기 보다는 평등한 입장에서 그들을 인정해주고 부모가 솔선수범하는 것을 보여주는 것이 중요하다. 큰 꿈을 꾸고 그 꿈을 키워가는 최고경영자처럼 부모는 가정의 CEO가 되어야 자녀들의 미래가 바뀌는 법이다. 유능한 CEO처럼 가정을 경영하고자 하는 의지와 열정 없이 자식의 미래가 위대해지기를 바랄 수 없을 것이다. 가정의 소소한 일들을 책임지는 일부터 세심한 배려와 가치관을 세우고, 내일의 푯대를 세우며 부모의 고정관념에서 벗어나 경영자로, 코치로, 멘토로서 모든 역할을 담당해야 한다. 또한 다산 정약용의 '문심혜두(文心慧竇)'교육법처럼 독서를 생활화하여 글 하나하나 배워 익힐 때마다 지혜의 보화가 쌓여서 슬기구멍이 활짝 열리게 해야 한다.

끝으로 더욱더 중요한 것은 자식이 잉태되기 직전 부모 양쪽 모두의 정결한 몸, 건전한 사고, 그리고 출산 직전까지의 태교에서부터 진정한 자녀교육은 시작되어야 할 것이다.

한 인간이 일평생을 살면서 위로는 부모님, 아래로는 자식(들)과 함께 한다. 특히 나이가 들어갈수록 자식에 의해 자신의 행복과 불행이 결정된다고 해도 과언이 아니다. 삶의 지혜, 내 자녀 교육법, 바로 지금 새롭게 재정립시킬 때이다.

2-11

편모가정

편부나 편모를 가사 법(가족관계, 가족법등)에서는 어떻게 정의 할까?

편부는 '어머니가 죽거나 이혼하여 홀로 있는 아버지'이고 편모는 '아버지가 죽거나 이혼하여 홀로 있는 어머니'라고 정의한다. 그러나 아버지가 재혼을 한 경우 새어머니를 어떻게 볼 것이냐에 따라 달라진다. 새어머니가 전 처 소생을 입양한 경우에는 법적으로 어머니가 되기 때문에 편부라고 할 수 없으며, 어머니가 재혼한 경우도 마찬가지의 경우가 된다.

그렇다면 미망인이란 무슨 말인가?

미망인이란 '남편을 먼저 여의게 되었으니 열녀라고 한다면 남편의 뒤를 따라서 죽어야함이 마땅한데 자녀들이 있어서 죽지 못하고 사는 자(者)'라는 의미로 중국 노나라 좌구명이 춘

추를 해설한 책 「춘추좌씨전」의 장공편에 나온다.

요즈음 이혼으로 편모가정은 증가하는 추세이며 양부모 가족에 비해 경제적으로 열악하여 빈곤의 여성화 현상의 대표적 집단주의의 하나이다. 편모들이 경험하는 가장 큰 문제는 경제적 문제인데, 이는 여성의 낮은 소득수준과 전 배우자로부터 양육비를 지원 받지 못하는 경우 더 심각하다.

편모들에게 가장 큰 어려운 점은 어머니의 역할을 강조하는 우리 사회 분위기에서 편모에게 과중한 부모역할 수행을 강조할 뿐만 아니라 부양자로서 경제적인 역할 수행까지도 요구하기 때문에 부모역할을 혼자 감당해야하는 시간의 부족과 심리적 갈등이 큰 것이다. 특히 딸보다 아들을 키우는 편모는 자녀 양육에 있어 더 큰 어려움을 야기 시켜 아버지 부재가 자녀의 건강과 행동적 측면에서 더 많은 문제를 일으킨다. 반면에 편모 가족에 대한 사회적 편견과 달리 편모 가족의 자녀들에 대한 연구들은 긍정적인 결과를 제시하고 있다.

편모 가족의 자녀들은 자신의 또래보다 더 독립적이며 자립의지를 갖고 성장하게 되며 자녀들이 가정의 의사결정에 적극적으로 참여하고 독립심이 증가하게 된다. 또한 여성이 직업을 갖는 것에 대해 긍정적인 태도를 갖게 되고, 가정에서 보다 융통성 있는 역할을 한다고 한다. 특히 딸들은 어머니를 경제적 사회적 독립을 성취한 긍정적인 역할 모델로 보기도 한다.

편모가정은 가족형태에서 형성되는 지지체계가 부족 하므로 자녀책임이 가중된다. 특히 이혼에 의한 결손가정에서는 자녀의 부적응 행동이나 자아개념 상실 등의 문제가 나타날 수 있다. 그러나 부(父)의 부재 상황을 수용하고 극복하려는 노력과 편모가 충분한 애정과 관심의 표현, 일관된 훈육태도, 절제된 애정표현으로 자녀 지도를 적절하게 하는 경우, 즉 가족의 기능이 결여되지 않는 한 모-자녀 관계는 얼마든지 원만하게 이루어질 수 있다.

오스트리아 심리학자 프로이드의 정신분석학에 의하면 '자녀의 경우 어렸을 때 부모 중 어느 한쪽을 잃게 되었을 경우 정신적으로 많은 영향을 받게 되는데, 부선망자(父先亡者)의 경우는 딸 쪽이 아들에 비하여 더 많은 영향을 받게 되고, 모선망자(母先亡者)의 경우는 아들 쪽이 딸에 비하여 더 큰 영향을 받게 된다'는 것이다. 편부나 편모의 슬하에 있는 자녀들은 정신적으로 큰 고충을 받게 된다. 그들은 마치 망망한 바다에서 선장을 잃어버린 선원들처럼 불안해 할 뿐이다. 특히 편모는 자녀들의 어머니로서, 또한 아버지의 역할까지도 맡아서 해야 하므로 1인2역의 역할이 너무 힘들고 괴로운 것이 아닐 수 없다. 그 어머니는 자신의 약함을 자녀들에게 보일 수 없기에 숱한 날을 자녀들이 보지 않는 곳에서 혼자서 눈물로 보내기도 한다. 외로움·고독감에 앞서 자신의 힘이 너무 약하다는 것 때문에 그럴 것이다. 어머니로서 사랑과 자비를 베풀다가도 간혹 자녀들을 책망할 때에는 얼마나 가혹하게 나무라셨던가? 자녀들은 때로 지나치다고 느낄 때도 있을 것이다. 그러나 모녀와 모자간의 사랑이기에 돌아서면 어머니 품이 그리워지는 것은 이 모두가 인륜의 차원을 넘은 천륜이기 때문일 것이다. 편모에게 있어서 자식은 그들의 마지막 기대이자 희망인 것이다. 그러므로 자녀들의 잘못이 있다면 그 슬픔을 위로 받을 길이 없게 되는 것이다. 그러나 훗날 자녀들이 올바르게 성장하여 제 앞가림을 하게 된다면 그것은 어머니의 금사슬이요, 보람이며 면류관이요, 탐스런 열매일 것이다.

편모가정에서의 삶의 지혜, 모-자녀 간에 서로 위해주고 배려해주며, 인정해주고 보답할 줄 알며, 자신의 일은 스스로 알아서 해야 한다는 마음속에 그 가정의 진정한 행복과 장래가 있지 않을까?

2-12

형제(兄弟)

형제의 사전적 의미는 무엇일까?

형제는 같은 부모를 가진 남성들을 아울러 일컫는 말로 부모 양쪽 모두가 같거나 부모 한쪽이 같은 경우 모두를 포함하며, 동기(同氣)란 형제와 자매, 남매(男妹)를 통틀어 이르는 말이다. 우리 인간은 오복(?)을 타고나야 이승에서 남부러울 것이 없이 행복한 삶을 누렸다고 자신할 수 있을 것 같다. 오복에 해당하는 것은 부모 복, 형제 복, 배우자 복, 자식 복, 주변사람 복이라 할 수 있다. 농구 황제라고 불리는 "조던"에게는 "래리"라는 형이 있었다. 어릴 때부터 운동에 한수 위였던 형 래리는 동생 조던에게 농구를 가르쳐 주었는데, 이후 키가 자라지 않은 형은 미국 프로농구 마이너리그에서 뛰었고, 반면에 키가 훌쩍 컸던 조던은 NBA 황제로 불리며 스타로 자리매김하게 되었다. 이렇게 조던이 성장할 수 있었던 것은 때론 경쟁자요, 때론 조용한 후원자였던 형이 있었기에 가능했던 것이다.

부모와 형제는 천륜(天倫)의 관계이다. 형제는 끊을 수 없는 관계이고 형은 아우를 사랑하며 아우는 형을 존경해야 한다. 형제는 열손가락과 같은 것이며 형제는 차례가 있는 법이다. 형제는 물질보다 귀중한 것으로, 물질은 감정이 없지만 형제는 동정이 있기 때문이다. 형제는 수족과 같으며 그 어느 것도 혈연을 끊지는 못한다. 형제는 영원히 형제이며 어떤 격심한 무정이나 분노도 결코 형제라는 자석에게는 이길 수 없는 것이다. 우리의 인생에서 부모님이 살아 계시고, 형제가 무고(無故)함은 최고의 즐거움과 행복한 삶이다. 논어의 안연편(顔淵篇)에 나오는 사해형제(四海兄弟)라는 말은 '세상의 모든 사람들이 형제와 같이 친하게 지내야 한다'는 말로 형제의 근본은 서로 친절하고 가까우며 서로 위해 주어야 하는 관계를 의미한다.

형제는 잘 두면 보배이고, 잘못 두면 원수라는 말이 있으며 이 세상에서 가깝고도 먼 것은 의리 없는 형제인데, 비록 형제라도 의가 나쁘면 남만 못한 법이다. 혈육의 정이 깊음을 나타내는 서양 속담으로 '피는 물보다 진하다(Blood is thicker than water.)' 라는 말이 있다. 사자성어에 동근연지(同根連枝)라는 말은 '형제는 한 뿌리에서 나온 가지'라는 말이다. 사실 형제의 우애는 부모에게 어느 정도 그 책임이 있다고 본다. 평소 부모는 형이 아우에게 양보하고 사랑으로 감싸주며, 아우는 형의 양보에 감사하고 형을 존경하도록 가르쳐 형제들이 어려서부터 우애가 돈독할 수 있게 해주어야 한다.

요즈음 같은 세태에 자칫 멀어질 수 있는 형제의 관계나 의절한 형제에게 경각심을 주기 위해 유태인의 규범이 되어 있는 탈무드에 나오는 형제애에 대한 일화를 보기로 하자. '옛날에 이스라엘에 두 형제가 살고 있었다. 형제는 둘 다 농부였는데, 부친이 죽자 부친의 재산을 나누어 갖게 되었다. 수확한 사과와 옥수수는 공평하게 나누어 각자의 곳간에 넣었다. 한밤중이 되자 동생은, 형님은 아내와 자식들이 있어 자신보다 더 어려울 것이라고 생각하고 형님의 곳간에 많은 양의 사과와 옥수수를 옮겨다 놓았고, 형은 자신은 자식이 있으므로 늙게 되면 아이들이 잘 보살펴 주겠지만 동생은 미혼이니 나중을 위해 준비해 두지 않으면 안 된다고 생각하여 역시 옥수수와 사과를 동생의 곳간에 많이 옮겨다 놓았던 것이다.' 이와 비슷한 내용이 우리 선조들 경우에도 민담으로 전해 내려오고 있는데 충남 예산 대흥면의 조선시대 의좋은 형제 이성만과 동생 이순의 이야기가 있다. 그들의 우애가 뛰어난 것이 알려져 1497년(연산3년)에 효제비(유형문화재 제102호)가 세워져 후세에 형제에 대한 사랑의 교훈이 우리에게 전해지고 있다.

이들처럼 진정한 형제의 사랑의 가치는 의타심보다는 먼저 배려하는 마음으로 형제의 어려움이 있으면 물질에 앞서 서로 위로하고 격려해 주며 함께 희·노·애·락을 나누고, 형은 아우를 친자식처럼 여기고, 아우는 형을 부모처럼 섬기며, 물질적인 도움을 받으려는 마음보다는 서로 베풀어 주는 그 마음에 있는 법이다. 매사 인간사에 일방통행은 없는 법. 서로 혈육 간에 애틋한 마음으로 형제, 나아가서 동기간을 대하며 서로를 위해 주며 우애하는 것이 삶의 지혜이며. 소중한 가치 중 하나가 아니겠는가?

2-13

동서지간(同壻之間)

동서지간이란 동서사이의 관계를 말한다. 동서란 시아주버니나 시동생의 아내, 처형이나 처제의 남편을 이르는 말이다. 또한 결혼으로 맺어진 관계에서 여성은 남편의 남자 동기(同氣) 배우자들, 남성은 아내의 여자 동기 배우자들을 부르는 친족관계의 호칭이다. 동서는 다른 성(姓)의 남남이면서도 배우자들의 형제자매 관계로 맺어진 사이이다. 무슨 일을 자기가 하고 싶어 하면서도 은근히 남에게 먼저 권하는 경우 '동서보고 춤추란다'는 속담이 있다. 더러는 동서 간에 시새움이나 불화가 따르기도 한다.

동서지간인 사람들은 한 가족 안으로 외부에서 들어온 동성(同姓)의 낯선 사람들이다. 그러므로 기존의 가족들에 대한 같은 이질감과 함께 서로에 대해 끈끈한 동질감을 가질 이유와 조건이 충분하다. 한 가족에 들어온 같은 외부인 으로서 그 가족의 일원으로 녹아져야 하는 동일한 상황에 처해 있기 때문에 뜻을 같이하고 생각을 함께하는 동지(同志)가 될 수 있는 여건을 가진 사람들이다. 동서지간은 서로를 충분히 이해하고 서로의 처지에 대해 깊이 공감해 줄 수 있는 관계인 것이다. 그러나 가족의 일원인 혈족간이 아니기 때문에 서로의 마음과 처지가 저절로 이해될 것 같음에도 동서간의 문제로 어려움이 있는 가정이 많은 것이 현실이다. 묘한 비교의식과 경쟁의식, 그로 인한 형제와 자매들 간의 갈등도 볼 수 있다. 오히려 시누이나 올케, 처남들과의 관계보다 더 힘들고 어려운 존재가 동서인 것이다. 가족이 분명한데 남 같기도 하고, 남은 아니지만 끈끈한 정도 없고 견원지간(犬猿之間)이 되기도 하며, 때로는 남보다 더 못하기도 하여 그로 인해 마음고생을 하는 경우도 있다.

사실 동서간의 관계는 동서 두 사람에 의해 만들어지기 보다는 주변사람들에 의해 결정된다 해도 과언이 아니다. 며느리들과 사위들이 경쟁자, 심지어 적이 될지 마음이 맞는 동지가 될지는 부모님, 상대의 배우자뿐만 아니라 형제들에게 달려있다. 살벌한 세상에서 아등바등 살면서 맛보는 차별과 비교에 위화감과 자괴감으로 지쳐있는 며느리들과 사위들이 가정에서 라도 위로 받을 수 있으려면 배우자 부모들이나 형제들의 배려가 필요하다. 가족을 지키기 위해 끊임없이 남들과 경쟁하며 전투적으로 살고 있는 며느리들과 사위들이 가족들 안에서는 전투복을 벗고 편안할 수 있으려면 부모님과 형제들의 지혜 있는 도움이 필요한 것이다. 시부모의 지혜로운 언행이 며느리들의 관계를 원만하게 만들뿐만 아니라 자신의 아들들 간의 형제 우애도 돈독하게 하며, 장인, 장모의 사려 깊은 배려로 사위들의 관계가 바람직하게 형성되면 딸들도 더 사이좋은 자매가 될 수도 있는 것이다. 부모님이 작고하셨거나, 오늘날 백세시대에 부모님이 연로하시다면 형제, 자매, 남매들, 특히 맏이의 역할이 크다 하겠다. 주변사람의 말 한마디가 긍정적이거나 부정적인 면에 결정적으로 작용하는 경우가 있는 것이다. 문제가 생겼을 때 내 자식, 내 형제 자매 남매, 그리고 내 배우자 쪽 만을 편든 다면 동서간의 관계는 더 꼬일 뿐만 아니라 가끔은 불행한 종말의 결과를 낳기도 하는 것을 주변에서 볼 수 있다. 세상을 살면서 '내편(?)'이 있다는 것은 마음의 상처를 치유해주는 명약이 될 수도 있으며 친척들 간의 불화를 진화 시키는 소방수(消防手)역할을 할 수도 있는 것이다.

프랑스 신학자 자크 보쉬에의 말 '운명은 친척을 선택한다.' 처럼 '만남은 인연이자 운명이지만 관계는 노력'이라는 말을 떠올리며 더불어 사는 세상에서 나는 지금까지 동서간의 원만한 관계를 위해 얼마나 노력해 왔으며, 내 혈족이 아니라는 단세포적인 생각을 하거나, 또는 종교가 다르다는 이유로 무관심과 남남으로 일관해 이방인으로 살아오지는 안했는지, 그리고 동서간의 관계에서 내 도리는 다해 왔는지, 그렇지 않았다면 개선할 점이 무엇인지, 지난날을 반추(反芻)하면서 지금, 되돌아보며 앞으로 나마 원만한 동서간의 관계로 자신이나 친척 및 내 가족들 모두의 평안(平安)을 위해 어떻게 처신해야할지 생각하는 기회를 가져보는 것이 또 하나의 삶의 지혜가 아닐까?

끝으로 조선 성종 때 문신 이심원의 삶에 교훈을 주는 명언을 인용한다. '사람은 첫째 사람됨의 근본 바탕을 배워야하며, 둘째 공명한 것을 숭상해야하고, 셋째 온갖 욕심을 막아야하고, 넷째 그 맡은 일을 부지런히 해야 하고, 다섯째 온갖 학문을 넓게 배워야하고, 여섯째 친척들과 화목하게 살아야 한다.'

2-14

지도력(leadership)

리더십의 사전적 의미는 '무리를 다스리거나 이끌어 가는 지도자로서의 능력'이며 보통 지도력이라는 말로 순화해서 사용한다.

지도력이란 '어떤 사람이 공동의 임무를 달성하는데 다른 사람들의 도움과 지지를 얻을 수 있는 사교적 영향력의 과정'으로 기술되어 왔다. '구성원들을 더 잘 포용하는' 정의도 있으며, '궁극적으로 특별한 일이 일어나도록 하는 것에 사람들이 공헌하는 방법을 만들어 내는 것'이란 말도 있다.

지도력이란 공동의 목표를 달성하도록 사람들의 무리를 체계적으로 조직하는 것이다. 지도자는 공식적인 권한을 가질 수도, 그렇지 않을 수도 있다. 지도력을 연구하는 사람들은 다른 여러 가지 중에 '특성, 상황적 상호소통, 기능, 행동, 힘, 전

망과 가치, 카리스마와 지적능력'을 포함하는 이론들을 만들었다. 그리고 지도자를 '이상으로 다른 사람에게 영감을 주고 사람들을 연합시키는 능력을 가진 사람'으로 정의하기도 한다. 따라서 조직체는 탁월한 임무를 가지는 것이 중요하다. 왜냐하면 그것은 지도자들의 지도력을 강화 시키는 강력한 방법이기 때문이다.

한사람이 사회집단의 지도자로 인정받을 수 있는 방법에는 가정에서는 부모 중 한사람이나 둘 다에게, 친구집단에서는 선출 절차 없이 한사람이나 몇몇에게, 큰 집단에서는 선거나 모집을 통해 공식적으로 임명이 된다.

보통은 지도자들이 특별한 개인적인 능력을 가진 사람들이라고 여겨지지만, 연구결과에 따르면 '태생적인 지도자들'의 범주가 있다는 일관성 있는 증거를 도출해 내지는 못하고 있다. 이를 보면 모든 지도자들이 공통적으로 가지고 있는 개인적인 자질들의 일정한 범주는 없는 것 같다. 대신에 특정한 집단의 욕구를 충족시킬 수 있는 자질을 가지고 있는 사람이라면, 사실상 누구나 지도자로 인정 될 수 있는 것이다.

지도자의 올바른 지도력 행동강령 여섯 가지가 있다.

첫째, 지도자는 구성원의 호기심을 자극하고 실험하도록 권장하며, 실험하고 배울 수 있는 시간과 공간을 제공하고 지지하며, 성과의 의미를 설명하고 스스로 문제를 해결하게 한다. 둘째, 지도자는 구성원들이 업무의 의미를 깨달을 수 있게 하며, 구성원이 중요하고 의미 있는 일을 하고 있음을 알게 하며, 긍정적이고 일관된 가치와 공동의 목표의식의 본보기를 보인다. 셋째, 지도자는 구성원이 업무와 개인의 목표를 연결 짓게 하며, 구성원이 자신의 약점이 아닌 강점에 집중하도록 하게하며 능력이 쌓일수록 더 큰 책임을 맡긴다. 넷째, 지도자는 구성원들에게 업무를 강요하는 도구로 보상과 처벌을 사용하지 않으며, 구성원을 총체적으로 평가하고. 어떤 경우도 반대급부를 바라지 않는다. 다섯째, 지도자는 정서적 압박감을 낮추기 위해 부정적 감정을 줄이며, 공평하고 합리적인 목표를 세우고 공정성, 도덕성, 정직함 그리고 청렴함을 유지한다. 마지막으로, 구성원들이 타성에 젖지 않도록 장애물을 제거하고, 그들의 업무가 중요하고 영향력 있다는 것을 깨닫게 하며, 업무처리를 원활하게 하고, 노력이 낭비되지 않게 한다.

지도자가 반드시 지켜야할 덕목 세 가지가 있다. 첫째는 그 무엇보다 가장 중요한 솔선수범이다. 논어에 기신정 불령이행(其身正 不令而行)은 '그 자신이 바르면 명령하지 않아도 행해지고, 그 자신이 바르지 않으면 명령하더라도 따르지 않는다'라는 말이다. 둘째는 아랫사람은 보살펴 주어야한다. 손자병법에 '장수는 엄하면서도 부하를 사랑하고 보살펴 주어야한다'고 나온다. 셋째는 정의의 실현, 즉 신상필벌이다. 중국의 정치 사상가인 한비자는 '상벌의 공정성을 잃은 지도자는 발톱과 이빨을 버린 호랑이와 같아서 뜻대로 움직일 수가 없다'고 했다.

사람은 누구나 한 인생을 살면서 초년병 시절이 있고 지도자 시절이 있을 수 있다. 지금은 조직원을 구성하는 한사람에 불과 하지만 세월이 지나 연륜과 경륜이 쌓이면 조직전체를 진두지휘하는 리더가 될 수 있다. 지도자의 분위기는 순식간에 그 조직에 전염되는 법이다. 알지 못하는 사이에 조직의 분위기를 망칠수도, 띄울 수도 있다. 바로 그 조직의 흥망성쇠를 결정짓게 하는 것이다. 지도력이란 지위가아니라 경험에서 나오며, 성실하고 고결한 성품 자체인 것이다. 작게는 가정이나 조직에서, 크게는 한국가나 세계 속에 지도자라면 지금 자신이 지도자가 지켜야할 세 가지 덕목을 갖춘 사람이며, 지켜 나가고 있는지 그리고 행동강령6개중 미흡한 것은 없는지 점검해보는 것이 참된 지도자의 지혜가 아닐까?

2-15

스트레스 해소

스트레스(stress)의 정의는 무엇일까?

의학용어로 '적응하기 어려운 환경에 처할 때 느끼는 심리적·신체적 긴장상태로 장기적으로 지속되면 심장병, 위궤양, 고혈압 따위의 신체적 질환을 일으키기도 하며 불면증, 신경증, 우울증 따위의 심리적 부적응을 나타내기도 하는 것'으로 보통 긴장·불안·짜증이란 말로 순화해서 쓰기도 한다.

오늘날 우리 사회의 스트레스 정도가 점점 더 높아져 가고 있고, 이것은 정신 및 육체노동자들, 그리고 학생들뿐만 아니라 모든 일반 사람들에게도 해당 된다. 스트레스를 완화 시킬 수 있는 방법들이 있지만, 우선적으로 스트레스를 피할 수 있는 몇 가지 방법을 들어 보려는데 생활에서 가장 흔한 TV를 중심으로 보자.

직장이나 학교에서 스트레스를 많이 받은 후에 집에 돌아와서 가장 먼저 하는 것이 무엇인가? 많은 사람들이 소파위에 쓰러져 TV리모컨에 손을 뻗는다. 그래서는 안 된다. TV등장인물들의 스트레스 많은 생활이 집안 거실을 가득 채우는 것뿐만 아니라, TV광고에 대해 생각하는 것도 그렇다. 광고의 목적은 사람들의 삶이 불충분하고 충만하지 못한 것이라고 느끼도록 만들며, 시청자들에게 부정적인 감정을 끌어내기도 한다.

사람들이 TV의 주제가 되어 있는 동안, 우리가 보는 상당한 뉴스나 드라마가 나쁜 것이라는 사실을 느낀 적이 있는가? 우리가 보고, 듣고, 읽는 것 상당부분이 나쁜 뉴스나 연속극이라는 연구결과가 있다. 뉴스를 팔기위해, 언론은 부정적인 뉴스들을 우리에게 쏟아 내고 있다. 더욱이, 보도가 되는 어떤 이야기는 우리들이 도저히 볼 수가 없는 것이기도 하며, 이것은 우리에게 무력감을 낳기도 한다. 특히 현실과 동떨어진 내용의 드라마는 더욱 그렇다. 대신에 지역신문을 구독하거나 구입해서 읽어보는 것이 어떨까? 그 뉴스는 훨씬 더 낙관적일 수도 있고, 우리의 지역에 대한 정보뿐만 아니라 이웃에 대한 긍정적인 효과를 낳는 식으로 행동을 하도록 영감을 받을 수도 있다.

TV를 멀리하는 것은 논쟁과 같은 다른 종류의 스트레스를 피하는데 도움을 줄 수 도 있다. TV에서 무엇을 봐야 하는 것에 관해 가족들과 얼마나 종종 싸우는가? 논쟁은 우리를 기분 좋게 만드는데 전혀 도움이 되지 않고, 논쟁으로 이득을 보는 사람은 아무도 없다. 논쟁이 끓어 오르고 있다는 사실을 느낀다면 산책을 나가거나, 자신을 진정시킬 수 있는 조용한 장소를 찾아야 한다.

그리고 중요한 것은 카페인을 피해야한다. 카페인이 포함된 커피, 차, 초콜릿, 코코아 같은 것도 자극을 주는 물질이고, 긴장을 풀게 만들기 보다는 더 긴장하고 있도록 만든다. 설탕 성분이 들어있는 음료들도 흥분을 만든다. 허브차를 마시고 가공처리 된 것이 아니라 자연음식을 먹어야한다.

심리학자 최인철교수는 '행복해 지려면 행복한 사람의 곁으로 가라'고 말한다. 우리의 기분이 전이(轉移) 되는 것은 단지 행복뿐만 아니라 우울과 분노도 역시 다른 사람에게 영향을 주게 되므로 상대하는 사람들도 신중을 기할 필요가 있다.

우리 생활인들은 삶을 살아가면서 크게 3가지로 정신적 스트레스, 육체적 스트레스, 물질적 스트레스를 받아가며 살아가고 있다. 정신적 스트레스는 대인관계에서 가장 크다. 이 경우는 역지사지(易地思之)하는 마음을 갖는 것이 해소책이다. 그 다음으로 육체적 스트레스는 자신의 신체적 불편함이나 이상증세가 나타날 때이다. 이 경우는 미국의 헬렌켈러 여사의 말('나의 신체적 결함들은 내 존재의 필연적 일부가 아니다. 왜냐하면 그것들은 결코 내 정신의 일부가 아니기 때문이다.')을 마음속에 새겨 봄직하다. 마지막으로 물질적 스트레스인데, 바로 금전이다. 중국의 성현 노자의 가르침('그치는 것을 알면 위태롭지 않고, 족함을 알면 욕됨이 없으며, 그로써 장구하리라.')으로 안분지족(安分知足)한 삶을 살아가는 것이다.

현대인의 정신적 감기로 누구나 걸릴 수도 있고, 나았다가 재발할 수도 있는데, 때론 우리를 죽음에 까지도 이르게 하는 우울증의 최초단계중 하나인 스트레스를 덜 받거나 안 받고 살아가는 방법, 첫째 대인관계에서는 상대의 입장에서 생각해 보고, 둘째 육체적 불편함이나 이상을 정신으로 이겨내며, 셋째 물질적인 면에서는 현재 가진 것에 만족하며 살아가는 것이 복잡한 현대를 살아가며 받는 스트레스를 해소하거나 줄일 수 있는 우리의 삶의 지혜가 아닐까?

제3장

노년들을 위한 생활 속 지혜

3-1

나이 들어감

우리는 보통 삶의 단계를 구별할 때 유년기(0~20) 성년기(20~60) 노년기(60살 이상)으로 생각해 왔다. 우리가 알고 있는 인생의 단계 기준을 간단하게 보더라도 노년기는 인생에서 가장 긴 구간이다. 특히 오늘날과 같은 백세시대에는 노년기도 이제는 젊은 노인(60대) 노인(70대) 고령노인(80대) 초 고령노인(90대 이상)으로 세분화해야 한다.

그러므로 이제는 백세시대라는 현실을 감안할 때 길어진 노년기를 어떻게 살아야 할지 더 이상 미루지 말아야 한다. 이는 결코 장년의 문제만이 아닌 중년의 문제이기도 하다. 왜냐하면 중·장년들은 백세시대의 사전 설계와 준비가 필요하기 때문이다. 톨스토이는 '나이가 어리고 생각이 짧을수록 물질적이고 육체적인 삶이 최고라고 여기는 법이며, 나이가 들고 지혜가 자랄수록 정신적인 삶을 최고로 여기는 법이다'고 말했다.

우리 사회는 '나이 들어 보인다. 늙어 보인다.'가 욕이나 비하의 말이고 '어려 보인다. 젊어 보인다.'가 칭찬이나 격려의 말이다. 왜 우리는 '나이 들어 보인다. 늙어 보인다.'는 말에 불쾌할까? 젊음이 더 가치 있는 것으로 여기는 사회 분위기에서 '나이 들어 보인다'라든가 '늙어 보인다'는 말은 그만큼 가치가 없거나, 가치가 떨어졌다는 말로 들리기 때문이다. '젊고 아름다운 것'을 최고의 가치로 치는 것은 어찌 보면 우리 사회가 젊음과 아름다움을 돈으로 환산하는 사회이기 때문일지도 모른다. 보다 젊고 외적으로 더 아름다운 사람들에게 더 많은 기회가 주어지는 사회에서 사람들은 자신도 모르게 강박적으로 '나이 들어감, 늙어 감'은 재난(?)으로 받아들이게 된다. 그러나 '나이가 들어가거나 늙어간다'는 것은 엄연한 자연의 이치이자 섭리인 누구에게나 닥치는 일이다.

그렇다면 지혜롭게 나이 들기 위한 지적여정은 무엇들이 있는가? 첫째, 삶이라는 모험의 동반자인 친구와의 우정은 누구와 어떻게 나눌 것인가? 둘째, 주름살이 매력적일 수는 없다. 자신의 몸을 돌본다는 것, 나이 들어가는 몸을 어떻게 대하고 가꿀 것인가? 셋째, 지난날을 돌아보며 과거를 통해 앞으로 나아가기 위해 후회대신 어떻게 만족한 삶을 살 것인가? 넷째, 통제권을 상실할 준비와 유산분배와 상속, 그리고 돌봄 비용을 어떻게 마련하고 지불할 것인가? 다섯째, 강제 은퇴는 반대하더라도 자발적 은퇴 시기는 언제로 할 것인가? 여섯째, 장년, 노년이 되어도 사랑은 어떻게 나눌 것인가? 여섯째, 인간의 역량이라는 관점에서 본 불평등과 빈곤은 어떻게 대처하고 해결해야 할 것인가? 일곱째, 나눔의 역설과 나름의 해결책으로 무엇을 남길 것인가? 여덟째, 중병이 들었을 때 어느 선까지 의료도움과 기계적 도움을 받을 것인가? 아홉째 나잇대 별로 신변정리는 무엇을, 어떻게 해야 할 것인가? 그리고 마지막으로 어떻게 의연한 죽음을 맞이할 것인가? 등이다.

'젊은이는 늙고, 늙은이는 죽는 다'는 말이 있다. 젊을 때는 잊고 있지만 사람은 모두 다 늙으며, 언젠가는 늙음에 대한 준비를 해야 하는 시기가 오는 것이다. 프랭클린은 '20세에 소중한 것은 의지, 30세에는 기지, 40세는 판단이다'고 말했고 쇼펜하우르는 '인생 처음 40년은 본문이고, 나머지는 주석이다'고 말했으며 오슬러는 '스물다섯까지 배우고 마흔까지 연구하고 예순까지 성취하라'고했다. 그렇다면 칠십부터는 어떤 삶을 살아야할지 나름대로의 설계와 준비의 지혜가 필요하다. 나이 들어가는 법을 알고 준비하는 것은 '지혜의 걸작'이며 '위대한 삶의 예술' 중 가장 어려운 장(章)에 속한다. 그런데 여기서 루소의 명언 하나를 더 인용하고자 한다. '가장 장수한 사람이란 가장 많은 세월을 살아온 사람이 아닌 가장 뜻 깊은 인생을 체험한 사람인 것이다.'

끝으로 한권의 책을 추천하고자 한다. 철학자이자 수필가이신 김형석교수(1920년생으로 현재 100세)의 「백년을 살아보니」를 읽을 것을 권한다. 전대미문의 백세시대를 맞아 우리는 설레고 기쁘기보다는 불안하고 허둥대기 바쁘다. 남은 인생을 어떤 인생관과 가치관을 갖고 살아가야 할지 막막하기만 하다. 왜 사는가, 무엇을 위해 어떻게 살 것인가, 무엇이 행복인가? '겪어봐야 깨닫는다'고 한다. 먼저 백세인생을 사신 분의 경험과 지혜를 빌려 앞으로 자신의 삶이 조금도 명확해 지고 향기로워 지도록 주도면밀하게 사전 준비해 두고, 그러고 나서 맞이해야 하는 삶의 지혜가 필요한 것이다.

3-2

노년의 삶

우리는 일평생을 학창시절 열심히 공부해 입시경쟁도 무난히 치르고, 젊은 날에는 직업전선에서 치열한 경쟁을 헤치고 생활기반도 다지며, 자녀들 양육과 교육부터 결혼시켜 가정을 꾸려주기까지 힘겨운 삶의 여정을 보내고 정년이 되어 은퇴하고 젊은 날 느껴보지 못한 편안하고 여유로운 삶의 노후를 보내게 된다.

사람에 따라서는 노년의 삶은 젊은 날 못한 것에 대한 새로운 시작이 될 수도 있지만 대체로는 인생의 휴식기이자 정리하는 시기이다. 그런데 그 노년의 삶은 오늘날과 같은 백세시대에는 3~40년의 긴 세월이다. 사람에 따라 사전 준비가 되어 있기도 하지만 더러는 대책 없이 맞이하기도 한다. 그렇다면 우리는 '보람되고 편안한 노년의 삶'을 어떻게 보내야 할까?

조선시대 성리학자 장현광은 '노년의 삶은 지나치게 간섭하여 잔소리 말고, 잡스러운 일을 줄여 심신을 피곤케 말고, 마음을 비워 잡념을 끊고, 자신의 삶을 천지자연의 이치에 맡겨 지나치게 아등바등하지 말라'고 했다.

구약성서 시편에 '사람의 연수는 70'이라 했고 '강건하면 80 이상이 되기도 하지만 그 연수의 자랑은 수고(고생)와 슬픔'이라고 쓰여 있다. 의학이 발달되어 수명이 늘어가고 있는 우리는 욕심을 버리고 분별력 있는 성격과 지혜로운 생활 및 사고방식으로 고생과 슬픔에서 벗어나 노후를 자유로운 영혼으로 즐겁게 살아갈 길을 찾아야 한다.

그렇다면 노년의 삶을 행복과 즐거움, 그리고 보람된 삶을 위해 필요하고 지켜야 할 것들은 무엇인가? 첫째는 경제력과 건강이다. 노년에 부자는 아니더라도 궁핍하지 않고, 의식주 및 의료비, 적절한 용돈, 그리고 주변에 애경사비등 인사치레 지출이 부담되지 않을 정도면 된다. 건강도 지병 없이 적절하게 관리하며 살아가면 된다. 그런데 무엇보다도 노년의 경제와 건강은 젊을 때부터 근검절약과 저축, 그리고 절제력이 불가결하다. 둘째는 사람이 살아가기 위한 먹 거리이다. 건강에 약보다 좋은 것이 섭생인데, 외식도 좋지만 제철에 맞는 식재료를 구해 요리해 먹는 것이 더 좋다. 셋째는 운동과 일이다. 자신의 체질에 맞는 규칙적인 운동이 필요하며 시간이 무료하지 않도록 할 일이 있어야한다. 노년에 텃밭 가꾸기, 화초나 나무 기르기, 애완동물이나 짐승 기르기는 정서적으로 좋다. 넷째는 우정과 사랑이다. 우정은 인생의 즐거움을 공유할 수 있고 허심탄회하게 대화를 나눌 수 있는 동반자이며, 사랑이란 인생의 꽃밭 향기이며 봄날의 따사로운 햇볕으로 사랑의 정(情)이 주는 따스함과 안락함, 그리고 행복감은 그 무엇보다도 소중하며, 노년의 외로움과 고독이라는 병을 치유해 주는 의사이자 간호사이다. 왜냐하면 함께 정담을 나누고, 맛있는 음식 먹고, 좋은 구경 다닐 수 있기 때문이다. 다섯째는 섬김이나 신앙이다. 조상님 섬김과 선영(先塋)을 잘 돌보는 일, 그리고 종교적 신앙을 갖는 것도 정신건강에 유익하다. 여섯째는 취미와 여행이다. 취미란 수집, 만들기, 야외활동 등 다양한 것들이 있는데 그중에서도 여행은 기다림을 배우고 나와의 시간을 갖게 되며 다른 사람들을 받아들일 수 있는 열린 마음과 여유를 갖게 해준다. 일곱째는 청결과 멋 부림이다. 자신의 신체 청결 못지않게 주변 환경 정리정돈도 중요하며, 외출 시 깔끔하고 단정해야 하는데 무엇보다도 시대에 뒤떨어져서는 안 되며, 나이에 걸맞아야 한다. 여덟째는 봉사와 베풂이다. 봉사는 성취감과 사회성을 기르며, 덕(德)을 베풀면 자신의 삶이 윤택해질 뿐만 아니라 인간관계도 원활해진다. 아홉째는 미디어의 활용이다. TV시청보다 유튜브나 인터넷 서핑하기, 라디오청취, 신문, 잡지읽기 등으로 시대와 발맞춰야 한다. 열 번째, 생활습관이다. 식사시간부터 자고 일어나는 일까지 규칙적인 생활이 중요하며 기도

나 명상, 독서, 그리고 메모하고 기록해 두는 습관을 들여야 한다. 마지막으로 가장 중요한 것, 한걸음 물러서서 감정과 생각의 흐름을 바라볼 수 있는 마음 다스리기, 마음 달래기, 마음 추스르기이다.

미국의 시인 헨리 롱펠로우의 말 '노년은 젊음, 그것에 비할 바 없는 기회인 것을, 비록 차려입은 옷만 다를 뿐, 하여 저녁 어스름이 엷어져 가면 하늘에는 무수히 많은 별들이, 보이지 않는 낮이 가득하다'와 미국의 정당 정치사를 쓴 토마스 베일리의 명언 '주름이 생기지 않는 마음, 희망이 넘치는 친절한 마음, 그리고 늘 명랑하고 경건한 마음을 잃지 않고 꾸준히 갖는 것이야 말로 노령을 극복하는 힘이다'에서 우리 모두 노년을 살아가야하는 삶의 지혜를 구하는 것이 바람직하지 않을까?

3-3

행복을 위한 노년의 선택

그리스의 철인 아리스토텔레스가 내렸던 행복의 정의를 보자. '사람들은 자기가 바라는 것을 얻게 될 때 행복하다고 느낀다.' 그런데 아리스토텔레스는 바람을 1차적 바람과 2차적 바람으로 분류했다. '1차적 바람은 돈·명예·좋은 음식 등의 본능적인 욕구가 해당되며, 2차적 바람은 그 바람이 사회적으로 바람직하며 정말 좋은 것인가를 확인하는 일이다.' 아리스토텔레스는 '1차적 바람과 2차적 바람이 모두 충족되는 것이라야 진정한 행복'이라고 정의했다. 이는 본능적 욕구와 사회적 욕구가 합치되기를 바라는 행복론으로 결국은 사람 사는 사회에 참다운 행복은 없다는 말로 들릴 수도 있다.

인간의 행복은 자신의 처한 위치에서 성실과 노력으로 그 노력의 대가를 보상 받을 수 있으며, 적으나마 자신이 목표로 내

세운 것을 성취할 수 있으며, 가정의 화합을 이루어나가며 미래를 설계해 나가면서, 베푸는 삶을 살아가는 안분지족(安分知足)한 생활을 할 뿐만 아니라 미국의 사회사업가이자 작가였던 헬렌켈러여사의 말처럼 '자신이 가진 것의 가치를 인정'하는데 있다 하겠다. 한마디로 공기의 20%는 산소, 숲속의 50%는 나무, 지구의 70%는 바다, 사랑의 90%는 희생, 행복의 100%는 만족하는데 있는 것이다. 노자가 가르치기를 '그치는 것을 알면 위태롭지 않고 [知止不殆」, 족함을 알면 욕됨이 없으며 [知足不辱], 그로써 장구하리라[可以長久].' 이 말은 현재에 처한 이상의 행복을 원하는 것은 위험하다는 말이리라.

그렇다면 노년으로 접어들면서 우리는 노년의 행복을 위해 어떻게 해야 할까? 대학 경영의 성공신화를 낳은 영국 워릭(Warwick)대학교 연구팀에 의하면 가장 행복감을 느끼게 하는 재산 액수는 100만 파운드(한화 약14억)라고 하는데 그렇다고 재산이 있다고 행복한 것은 아니고 일에서의 성취감, 만족스러운 결혼 생활, 건강이 행복을 결정하는데 중요하다고 결론지었다. 보통 남녀의 노년 시절에 가져야 할 필수 요건들이 서로 다른데 남자는 첫째 아내, 둘째 건강, 셋째 돈, 넷째 일, 다섯째 친구이며, 여자는 첫째 돈, 둘째 건강, 셋째 친구, 넷째 애완동물이나 취미생활(수집 등), 다섯째 남편이라고들 한다. 물론 남녀 모두 다섯 가지 모두를 다 갖추고 살아갈 수는 없다 해도 남녀 모두 요즘 회자(膾炙)되어 지고 있는 Seven up과 Seven happy의 생활 자세를 가져보자. Seven up에는 Cheer up(명랑하게), Shut up(말을 아끼고), Show up(모임에 빠지지 않고), Dress up(옷 잘 입고), Pay up(지갑을 열고), Give up(포기 할 것은 포기하고), Clean up(주변을 청결하게). 그리고 Seven happy에는 Happy look(부드러운 미소), Happy talk(칭찬하는 이야기), Happy language(유쾌한 언어), Happy work(성실한 직무), Happy song(즐거운 노래), Happy note(기록하는 습관), Happy mind(감사하는 마음)인데, 이들을 실천한다면 노년에 행복은 물밀듯 마음속에 찾아 올 것이다. 그리고 한발 물러서 고 저주는 너그러운 마음의 여유도 즐기며, 낙천적인 생각과, 감사와 사랑하는 마음, 때로는 혼자 살아가는데 익숙하며, 또한 주위에 소중한 사람들이 있다는 것을 행복의 가치기준으로 삼는다면 행복한 노년을 누릴 수 있을 것이다. 노년의 선택은 명확하다. 미움 보다는 사랑을, 슬픔보다는 기쁨을, 원망보다는 감사를, 어둠보다는 밝음을, 낭비보다는 절약을, 놀기보다는 배우고 일하기를, 교만보다는 겸손을, 싸우기보다는 화해와 용서를, 비판보다는 칭찬을, 나태보다는 근면을, 받기보다는 주기를, 거짓보다는 진실을, 의심보다는 믿음을, 방탕보다는 절제를, 퉁명보다는 친절을, 냉냉함 보다는 온화함을, 찡그리기보다는 미소를, 무정함보다는 다정함을, 민감함보다는 둔감함으로, 독함보다는 너그러움을 실천하는 노년은 아름답고 활기찬 삶이 될 것이다. 한 인간이 일평생을 살아가면서 불가결한 삶의 자세

세 가지를 꼽아 본다면 성실, 정직 그리고 지혜로운 삶이다. 행복한 노년을 위해서 지혜로운 삶의 선택, 바로 지금이 그 어느 때보다 가장 절실한 때이다.

3-4

베풂의 삶

베풂이란 '남에게 돈을 주거나 일을 도와주어서 혜택을 받게 하는 것'으로 정의한다. 일반적으로 '베풂'은 남에게 물질적인 도움을 주는 것만 생각하지만 '배려와 용서'도 포함이 된다.

철학자이자 시인으로 유럽과 미국에서 활동한 레바논의 대표 작가인 칼릴 지브란은 '당신이 가진 것을 주는 것은 작은 일에 불과하다. 당신 자신을 내어주는 것이 진정한 베풂이다'고 말했고, 미국의 실존 인물인 「우체부 프레드」의 저자인 마크 샌번은 '베풂은 기술이다. 그러므로 연습이 필요하다. 다른 사람과 나누지 않는 다면 당신이 가진 물질적·정신적 소유물은 아무 소용없다'고 말했다. 유교의 기본 경전인 사서삼경(四書三經)중 하나인 「대학(大學)」에서 돈과 인덕의 두 가지 중요성에 대해 강조한 글귀가 있다. 부윤옥 덕윤신(富潤屋 德潤身)인데 부윤옥이란 '돈을 많이 벌면 집안을 윤택하게 한다'는 말이며, 덕윤신이란 '덕을 많이 베풀면 인생이 윤택하다'는 말이다. 명리학자 조용헌교수는 팔자(八字)고치는 방법 다섯 가지 '첫째, 적선(積善:남을 돕는 것) 둘째, 명상 셋째, 명당 잡는 일 넷째, 독서 다섯째는 지명(知名:운명을 아는 일)'중 적선, 즉 베풂을 으뜸으로 꼽았다.

불가(佛家)에서도 '베풂'이나 '나눔'을 보시(布施)라는 말로 쓰는데, 부처님은 진정 행복하게 잘 살 수 있는 비결이 보시행(布施行)이라고 가르쳤다. 특히 물질적인 재물이 없어도 베풀 수 있는 일곱 가지를 가르쳤는데 첫째, 사람을 대할 때 따스하고 부드럽고 편안한 얼굴로 대하는 화안시(和顔施), 둘째, 부드럽고 친절하고 진심어린 말로 베푸는 언시(言施), 셋째, 착하고 어진 마음으로 베푸는 심시(心施), 넷째, 사람을 대할 때 편안한 눈으로 봐 주는 안시(顔施) 다섯째, 자신의 몸을 이용해 베푸는 신시(身施), 여섯째, 다른 사람에게 자리를 양보해 주는 상좌시(床座施), 마지막으로, 상대방이 말하기 전에 미리 그 마음을 헤아려 베푸는 찰시(察施)로 '네가 이 일곱 가지를 행하여 습관이 붙으면 너에게 운이 저절로 따르리라'고 했다. 세속적인 말로 '당대에 받는다.'라는 말이 있다. 선행을 하면 자신이나 자식까지도 복을 받는 다는 것이며, 악행을 하면 해를 입는 다는 것이다. 성경에서도 '네 이웃을 네 몸같이 사랑하라'는 구절은 '하나님은 사랑이시기에 이웃을 사랑하지 않으면 하나님을 모르는 것이다'라는 말로 이웃사랑의 대표적인 것은 '베풂'이라는 것으로 해석된다.

남에게 주는 것이 곧 내가 받는 것이다. 준다고 하는 것은 넉넉한 사람이 여유롭게 베푸는 것이 결코 아니다. 마음이 풍요한 사람은 비록 부족하다 할지라도 자신의 것을 남을 위해 주는 것이다. 보통 사람들은 '나도 부족한데 다른 사람에게 줄게 뭐가 있냐?'라고 한다. 우리는 태어나면서부터 남에게 거저 주는 것을 모른 채 자신만을 위해 살아가는 생활방식을 가질 수 있지만, 이제는 남을 배려하고 베풀지 않고 나 자신만을 위해 살수 없는 세상이 되었다. 내가 베풀고 배려할 때 다른 사람도 나에게 베풀고 배려해 줄 것이다. 특히 사회생활에서 서로 도와주고 보살펴 주는 것은 인간관계를 원활하게 해주고, 서로를 이어주는 튼튼한 끈 역할을 해준다. 많은 이익을 취하는 것으로 기쁨을 느끼고 살아 왔다면 주는 것은 손해라고 생각하기 쉽다. 그러나 남을 위해 베푼다면 대가를 받는 것 보다 더 행복감을 느낄 것이다. 베풂을 실천하는 사람은 반드시 운이 좋아지는 법이다. 그것은 가장 현실적인 지혜이며, 온 세상에 행복의 빛을 드리우는 위대한 사랑의 법칙 이자 자연과 생명의 고귀한 섭리이다. 사랑의 섭리를 따르는 사람은 하늘이 도와주는 법이다.

이웃을 위해 베푸는 것은 인간생활의 기본 책임이다. 어려움이 닥쳤을 때 누군가가 자신보다 다른 사람을 챙기며 자신의 시간이나 금전, 안전을 희생할 때 감동하게 된다. 우리는 모두 서로의 도움이 필요하다. 베풂이란 기쁨을 주고 그렇게 함으로써 기쁨을 얻는 것이다. 베풂은 무한한 풍요를 보내는 마음이며, 감사는 무한한 풍요를 받아들이는 마음이다. 그래서 주는 이나 받는 이나 서로 자신의 내면의 풍요를 발견한 사람으로 우주의 기운을 얻을 수 있는 것이다. 삶의 진정한 행복과 성장, 베풂을 실행하는 것이 진정한 삶의 지혜중 하나가 아닐까?

끝으로 한권의 책을 추천하고자 한다. 김주수가 쓴 나와 세상을 바꾸는 지혜와 치유의 행복 우화 「베풂의 법칙」을 읽어보기를 권한다.

3-5

졸혼(卒婚)

'졸혼'이란 '혼인관계를 졸업하다'는 의미로 이혼하지 않고 법적으로 부부관계는 그대로 유지하면서 사는 공간과 각자의 생활, 취미 등을 간섭하지 않는 형태이다. 졸혼이라는 말은 2004년 일본의 작가 스기야마 유미코(杉山 由美子)가 「졸혼을 권함」이라는 책에서 처음 사용한 신조어(新造語)이다. 졸혼을 결정한 부부들은 한집에 함께 살면서 서로 간섭만 하지 않는 경우도 있지만, 대체로 따로 살면서 가족 행사 등에서 만난다.

문학평론가 김성수는 졸혼에 대해 '가정이 깨어진대도 법적 정리를 못해 차선책으로 선택하는 것이 졸혼의 실체'라고 말한다. 그러나 졸혼의 형태는 원만한 사이의 부부라도 '자기 주도적 삶'을 영위하려는 경우도 있다. 그러나 위기의 부부들이 이혼의 대안으로 졸혼을 선택하는 경우가 더 흔하다. 「졸혼: 결혼

관계의 재해석」의 저자인 강희남은 '졸혼이 황혼이혼의 신드롬을 진정 시켜주는 대안이 될 것이며 혼인과 이혼사이 졸혼이 존재 할 수 있다'고 말한다. 낡은 결혼을 졸업할 시간, 졸혼 시대야 말로 나와 가족이 더 행복해지는 관계혁명이 될 수도 있다. '졸혼'은 100세 수명시대 삶 중에서 생애 후반기, 즉 평생의 본업에서 손을 놓거나 정년퇴직하고 난 중(中)·장년(長年)의 삶에 관한 이야기이다. 이때 부부가 삶의 방향과 생각이 다르다거나, 특히 불화가 심하다면 각자 다른 삶의 방향에 대해 그 가치를 인정하고 존중하고 서로의 길을 격려해 주어야 한다. 그런데 졸혼은 추구하는 삶의 콘텐츠가 있어야 가능한 방식이다. 평생 추구할 수 있는 삶의 내용이 없다면 졸혼은 중년들보다는 장년들에게 더욱 치명적일 수 있다. 주도면밀한 사전 준비가 필요한 것이다.

부부관계 전문가들은 졸혼전 준비해야할 것으로 세 가지를 말한다. 첫째, 경제적여유다. 각자의 생활을 누릴 수 있는 돈은 필수다. 둘째, 자기관리다. 혼자 밥을 해먹을 수 있는지, 집안일을 할 수 있는지, 건강관리를 할 수 있는지 고민해봐야 한다. 셋째, 정서적 안정감이다. 혼자 지내야 하기 때문에 외로움이나 고독감을 피할 수 없기 때문이다. 시인 김갑수는 '졸혼의 전제 조건으로 고독, 기본조건으로 자기 삶'을 꼽았다. 그러면서 '해일처럼 밀려드는 고독감을 버텨낼 수 있을지를 생각해야 한다'며 '졸혼의 양면은 고독과 자유다. 그런데 가끔은 그 고독이나 고립감이 몸살이 날 정도로 고통스러울 때가 있다'고 덧붙였다. 사실 졸혼한 사람들의 공통적 견해는 '둘이 있어 불편함 보다 혼자의 외로움이나 고독감이 더 견디기 어려울 때가 있다'고 한다.

유대인의 생활 규범인 탈무드에서 '부부는 동정심과 인내심을 가지고 대하면 대부분 해결된다'고 하지만 동정심은 그렇다쳐도 인간의 인내심에는 한계가 있는 법이다. 중국인의 말 중에 거리산생미(距離産生美)는 '떨어짐이 아름다움을 만든다'는 말이다. 부부관계를 떨어뜨려 최악을 피하는 아름다운 졸혼; 황혼이혼의 대안이 될 수 있다. 이혼도 운명이라 할 수 있다. 그러나 운명도 노력에 의해 바꿀 수 있다. 부부의 만남도 인연이자 운명이지만 관계는 노력이다. 인생 최고의 행복은 부부간 금실이 좋은 것이다. 함께 정담을 나누고, 함께 맛있는 음식을 먹고, 함께 좋은 구경 다니는 것, 이 행복과 견줄 수 있는 것이이 세상에 그 무엇이 있으랴! 이것들은 특히 노년의 삶에 요건(要件)중 최우선이다. 그러나 부부간 의무는 이행하지 않고 권리만 주장 한다거나 지난날의 잘, 잘못만을 곱씹어대고 공치사만을 늘어놓는다면 파국만이 기다릴 뿐이다. 부부사이 어떤 형태의 이유로 이혼을 고민하거나 결정할 수 있다. 어떤 이유에서든지 불화가 심각하고, 서로가 이미 돌아올 수 없는 강을 건넜다면 이혼하고 새 삶을 찾는 것이 답일 지도 모른다. 그러나 새 삶이 행복을 보장해 주는 것은 결코 아니며. 또 다른 어려움이 기다리고 있는 법이다.

내 가족들, 특히 인생의 최후 보루인 자식들에게 상처를 주거나, 앞날에 장애가 되게 하지 않는 것이 부모의 당연한 도리이자 섭리이다. 부모가 무너지면 자식들도 무너질 수 있는 개연성이 크다. 이승에서 내 생명이 다할 때 까지 부모로서 책임을 다해야 한다는 일념(一念), 나만 참고 견디면 가족들 모두 평안(平安)하다는 굳건한 마음으로 이혼의 문턱에서 그 대안으로 졸혼을 선택하는 것이 삶의 지혜가 아닐까? 이혼이 흔한 요즘 세태에 결코 남의 일만은 아니다. 특히 급증하는 황혼이혼을 우리 모두 심사숙고하고 경계하자.

3-6

고독(孤獨)

고독은 '세상에서 홀로 떨어져 있는 듯이 매우 외롭고 쓸쓸함'이라는 사전적 의미를 갖고 있다.

수필가 이양하의 '나무'에서 '나무'는 자신에게 주어진 어떤 상황에도 불만을 나타내지 않고 묵묵히 자신의 현재의 위치를 지키며 즐길 뿐이다. 특히 새와 달과 바람이라는 친구들이 있지만, 나무는 본질적으로 고독하다. 그러나 나무는 고독하다고 해서 그것을 슬퍼하거나 탄식하지 않는다. 오히려 나무는 사계절 내내, 그리고 밤낮으로 변함없이 곁을 떠나지 않는 고독을 잘 알고 있기에, 어느 것보다도 그 고독을 잘 견뎌내며, 오히려 그 고독을 즐기며 함께 한다.

보통 도시생활은 자유롭고 달콤하며, 분위기는 화려하고 풍요롭고 즐겁다. 그러나 그 자유롭고 풍요 속에 우리가 뼈저리게 느끼는 것은 결핍과 소외 그리고 고독이다. 고독한 삶의 정도는 차이가 있겠지만 보편적으로 누구나 느끼는 것이다. 그렇다면 도시인들은 왜 고독할까? 고독은 다른 사람들로부터 따돌림 이라고 말 하지만, 그보다는 다른 사람과의 멀어짐이라고 말 할 수 있다. 이는 도시공간만의 비인간화, 사무화경향이 팽배해 있기 때문 일 것이다.

고독은 '홀로 있음'과 '외로움'의 의미로 읽혀 부정적이거나 가급적 피해야하는 상태로 이해되곤 한다. 고독을 선택한 사람들은 사회에 적응 하지 못하는 문제인간으로 별종 취급을 받는다. 인간은 사회적 동물이기에 사회를 구성하고 그 안에서 살아야 한다는 상식이 고독의 가치를 평가절하 하는 근거가 된다. 올리비에 르모가 쓴 「자발적 고독」에서 자발적으로 고독을 선택한 사상가들과 탐험가들의 사례가 등장한다. '자신에게 진실하기 위해서 뿐만 아니라 이 세상을 정확히 알기위해서는 세상으로부터 거리감을 두어야한다. 그러고 나서 다시 사회로 되돌아갈 필요를 느낄 때 고독을 경험한 이들은 이전과 달라져있다. 고독은 되돌아오기 위해 떠나는 내면의 자발적 망명이자, 회심과 변화의 기술이다.'

우리네 인생은 고독감과 무력감 그리고 허무감에서 벗어나려는 노력이라고 할 수 있다. 고독감과 무력감 그리고 허무감을 극복하려는 인간의 행위는 다양한 형태로 나타난다. 그것은 악마 같은 형태를 띨 수도, 성스러운 형태를 띨 수도 있다. 독일의 실존철학자 하이데거는 '이런 고독감과 무력감 그리고 허무감을 극복할 수 있는 잠재적인 능력이 우리 모두에게 깃들어 있다'고 말한다. 그는 그런 부정적 감정들은 '시적감성'을 통해 극복할 수 있다고 했다. 경이라는 기분에 사로 잡혀 세상을 보면 세상은 더 이상 우리를 위협하는 낯선 곳으로 느껴지지 않는다. 오히려 세상의 신비를 경험하며 그 속에서 평온한 기쁨을 느끼게 된다. 이렇게 시적 감성을 통해 세상과 하나 될 때 우리는 고독감과 무력감을 극복할 수 있다. 그리고 경이라는 기분 속에서 보는 세상은 의외로 충만한 곳이기에 허무감 역시 극복할 수 있다.

독일의 시인 릴케는 '사람은 고독하다. 사람은 착하지 못하고, 굳세지 못하고, 지혜롭지 못하고 여기저기에서 비참한 모습을 보인다. 비참과 부조리가 아무리 크더라도, 그리고 그것이 사람의 운명일지라도 우리는 고독을 이기면서 새로운 길을 찾아 앞으로 나아갈 결의를 갖지 않으면 안 된다'라고 말했다. 또한 수필가이신 김형석교수가 쓴 「고독이라는 병」에서 '고독이라는 병은 인간이라면 누구나 가지고 있는 듯하다. 고독을 치료하기 위해서는 사랑이 필요하다. 인간적인 사랑을 뛰어 넘은 신의 사랑이 더욱 간절히 필요한 병이 고독이다'라고 말했다. 고독을 아는 사람이 사랑을 안다. 고독하다는 것은 사랑하지 않는 다는 것이다. 홀로 힘겹게 살아가는 것은 밑 빠진 독에 물을 쏟아 붓는 것과 같다. 삶이 향기 나게 해야 하고 살아갈 이유를 만들어야 한다. 사랑을 하면 모든 움직임이 아름다워 진다. 고독하지 않기 위해 내 사랑이 걸어갈 수 있는 길을 만들어야 한다.

고독감은 무력감, 허무감, 비애감 그리고 좌절과 포기로 이어져 스스로 생을 마감할 수도 있다. 특히 노년의 고독은 처절하고도 위험하다. 고독이 시작점이 되어 일련의 과정들이 전개되어지는 것을 막기 위해서 시적감각으로 모든 생명을 존중하고 사물을 경이롭게 보며, 신(하나님)에 대한 사랑이나 누군가와 열렬하고도 아낌없는 사랑으로 고독을 이겨내는 것이 현대를 살아가는 우리, 특히 노년의 삶의 지혜가 아닐까?

3-7

음악 감상하기

음악 감상이란 무엇인가?

음악이란 '소리의 높낮이·장단·강약 등의 특성을 소재로 하여 목소리나 악기로 사상이나 감정을 표현하는 시간예술이며, 감상이란 음악작품의 형식이나 작품에 숨겨진 의미를 이해하여 즐기고 평가하는 주체적이고 능동적 행위'이다. 그런데 여기서 감상이란 '음악을 지적(知的)으로 들을 수 있는 능력'을 의미한다. 물론 인간은 소리의 아름다움에 대해 본능적으로 감응할 수 있다. 성악가 루치아노 파바로티는 '음악 감상에는 두뇌가 필요 없다'는 말을 했지만 음악에 대한 이해 없이, 또는 참된 감상 없이 음악을 즐기거나 기쁨을 얻는 다는 것은 가능하다 해도 최대의 즐거움을 얻기 위해서는 음악을 알아야 하는데, 이런 지적 태도가 극도의 즐거움을 가져온다. '음악과 리듬은 영혼의 비밀 장소를 파고든다'고 철학자 플라톤은 말했고, 미국의 사상가 에머슨은 '음악은 인간의 마음속에 존재하는 위대한 가능성을 인간에게 보이는 것이다'라고 예찬 했다.

음악 감상이 우리에게 주는 이점은 무엇인가?

첫째, 뇌가 좋아하는 음악은 도파민이라는 '기분 좋음' 신경물질을 방출하여 심리적으로 스트레스가 낮아지거나 불안을 해소하여 기분을 좋게 해 더욱 행복감을 느끼게 하며 면역체계를 강화 시켜준다. 풍자소설 '돈키호테'를 쓴 세르반테스는 '음악은 엉클어진 원기를 회복 시켜주고 정신노동에서 오는 피로를 경감시켜준다'고 말했다. 둘째, 인지된 통증을 감소시켜 통증의 강도를 현저히 감소시킨다. 특히 슬픈 음악은 긍정적인 감정을 불러일으킨다는 연구 결과도 있다. 셋째, 음악은 특정 추억과 관련이 있어 기억을 되찾게 해준다. 넷째, 다음날 생산성을 저해하고 졸리고 피곤해 짜증을 줄 수 있는 전날 밤의 불면증을 개선시켜준다. 다섯째, 신체활동을 향상시키고 운동 내구성을 높여줄 뿐만 아니라 동기부여가 된다. 여섯째, 하루를 시작하는데 도움을 주는 경쾌한 음악은 생활의 활력을 주고 생산성을 높여 준다. 마지막으로 오래된 보이밴드 노래들이 마음속에서 사라지지 않는 이유는 음악은 궁극의 노스탤지어(향수) 소환기이다. 자아와 사회적 연결, 주변 세상에 대한 감각을 키워 나가던 시기에 들었기 때문에 한 인간의 정체성에 영향을 주며, 지휘자 정명훈의 말 '음악의 목적은 마음의 수양을 통해 더 높은 인격을 완성하는데 있다'처럼 인격형성에도 도움이 된다.

음악은 나를 과거로 데려가 줄 수도 있고, 댄스파티나 축제에서 흥을 돋우어 줄 수도 있으며, 느긋한 저녁 분위기를 만들어 줄 수도 있다. 또한 나의 어떤 상황에서 삶에 긍정적인 영향을 줄 수도 있으며, 더 행복한 사고방식부터 동기 부여에 이르기까지 좋은 음악에 푹 빠질 훌륭한 이유들이 많다. 장르에 상관없지만 연주곡이나 영화음악이면 더 좋다. 연주곡에는 건반악기, 현악기, 관악기, 금관악기 등 연주곡들이 있는데 그것이 독주, 이중주, 삼중주도 좋지만 오케스트라 연주곡이면 더 좋다. 굳이 예전처럼 오디오시스템을 갖추지 않더라도 휴대폰 유투브를 활용하면 된다. 거기에 성능 좋은 이어폰을 이용하면 음량이나 음질도 공연장이나 연주회장에 와 있는 듯하다. 검색창에 곡 명, 가수 명, 연주자 명이나 악단 명을 치면 일목요연하게 나열되어있다. 이렇게 손쉽게 접할 수 있고 우리의 삶에 유익한 음악 감상을 생활화 하는 것이 또 하나의 삶의 지혜가 아닐까? 영국의 천재 요절시인 존 키츠는 '음악을 들으면서 죽게 해준다면 더 이상 기쁨이 없으리라'고 말했다.

끝으로 음악 감상으로 남녀노소, 그리고 모든 연령층에 추천하고 싶은 악단이 있다. 교향악단들도 있지만 사랑의 기쁨과 슬픔을 경쾌한 리듬으로 전하는 프랑스 폴모리아악단(Orchestra Paul Mauriat)이다. 이들은 직장 내 동호인 모임으로 연주를 시작해 세계적 명성을 날리는 성공 신화를 낳은 악단으로 팝과 세미클래식을 넘나든다. 베토벤이나 모차르트 곡이 오늘날도 애청되고 있듯 7~80년대 세계적으로 선풍적 인기를 누렸고, 그 당시 KBS 팝스 오케스트라단이 창단 되게 된 계기가 되었으며, 여러 차례 내한공연도 있어 기성세대들에게는 귀에 익은 곡들이다. 대표곡이라 할 수 있는 'Love is Blue(우울한 사랑)'와 '이사도라(Isadora), 여름날의 소야곡, 위대한 사랑, 시인과 나, 아리랑' 등 수많은 주옥같은 연주곡들이 있다. 특히 이 연주곡들은 오전, 오후, 저녁 시간대에도 듣기 적절하며, 특히 한가하고 여유로운 노년들에게 적극 추천한다.

3-8

노래 부르기와 친구하기

음악이란 무엇인가?

음악이란 '인간이 들을 수 있는 영역의 음과 소음(騷音:진동수나 그 변화가 불규칙한 음)을 소재로 하여 박자, 선율, 화성(和聲:일정한 법칙에 따른 화음의 연결), 음색 등을 일정한 법칙과 형식으로 종합해서 사상과 감정을 나타내는 예술'이다. 음악은 선사시대부터 인간의 주변에 있어 왔으며 감사, 생각, 감정 등을 표현하는 수단으로 사용되어 왔다. 음악이 오랫동안 인류역사와 함께 해온 이유는 음악을 듣거나, 노래 부르는 사람에게 어떤 느낌이나 생각을 불러일으킬 수 있기 때문 일 것이다.

노래 부르기의 이점은 무엇인가?

노래 부르기는 음악 감상, 악기 연주, 음악적 동작과 함께 음악치료에서 일어나는 음악활동 중 한 부분으로 음악치료에서의 자발적인 음악적 표현 중 가장 우선적으로 사용되는 기법이다. 성악이나 발성에 관한 전문적인 지식이 전혀 없는 상태라 하더라도 노래 부르기 활동과 그에 수반되는 음악적 발성을 경험하는 것은 에너지 활성화, 개인 혹은 집단에서의 느낌 창조 등에서 유효한 수단이 된다. 독일 프랑크푸르트 대학 연구팀의 연구조사 결과를 보면 '노래를 부르면 신체의 저항력이 증대되고 명상과 걷기 운동과 같이 건강에 유익한 효과를 가져 온다'고 한다. 그들의 연구 결과에 의하면 '정기적으로 노래를 부르면 호흡이 개선되어 산소 흡입량이 늘어나고 순환기에 자극을 주어 신체를 균형 잡히고 활력 있게 하는 것'으로 나타났다. 베를린 사리테 병원의 자이드너 교수는 '노래를 부르면 표현력이 향상되고 창의력이 발휘되는 등 정신적으로도 긍정적인 결과를 얻을 수 있다'고 밝혔고, '음악적 경험은 업무능력의 향상을 가져와 다른 여러 직업 분야에서도 도움을 줄 수 있다'고 말했다. 그는 특히 '노래를 많이 부르면 목소리를 통한 표현능력이 증대되고 이는 성공적으로 인생을 살아가는데 유리하다'고 밝혔다. 또한 '목소리의 젊음을 유지 하는데도 도움이 되며, 목소리의 노화뿐만 아니라, 신체의 노화 진행을 늦추는 효과가 있다'고 덧 붙였다.

그렇다면 노래를 부르면 행복할까?

인간은 원래 고독하다. 노년의 고독은 더 심하다. 그 해소의 일환으로 친구가 필요하다. 사람 친구는 세 가지가 필요하다. 첫째, 자주 만나야하고, 멀리 있으면 가끔 안부를 물어야한다. 둘째, 돈을 써 주어야 한다. 셋째, 좋은 일 뿐만 아니라 서로의 흉, 허물도 말하고 들어줄 수 있어야 한다. 그러나 노래 부르기와 친구를 맺으면 일방통행의 즐거움을 느낄 수 있다. 주도권이 내게 있는 것이다. 무엇보다도 내 편리한 시간과 기분과 감정에 맞출 수 있다. 독일의 시인이자 철학자 니체는 '음악이 없는 삶은 잘못된 삶이며, 피곤한 삶이며, 유배당한 삶이기도 하다'라고 말했다. 눈물에는 세 가지가 있다. 슬퍼서 흘리는 것이 '눈물'이고, 슬프지 않는 데도 눈물이 흐르면 '피눈물'이며, 눈에서는 눈물이 흐르는데 입가에는 미소가 지어지면 '감격이나 감동'의 눈물이다. 노래를 불러 보자. 그러면 '슬픔의 눈물'과 '피 눈물'도 '감동의 눈물'이 될 수 있다. 노래의 장르를 구별하지 말라. 클래식, 세미클래식, 가요(트롯, 발라드 등), 서양팝, 랩, 찬송가, 가스펠(복음성가) 등 어느 것이든지 좋다. 특히 나폴레옹의 말 '좋은 가곡은 마음을 감동 시켜 부드럽게 함으로써 이성을 설복하려는 도덕보다도 그 영향이 더욱 크다'처럼 가곡이면 더 좋다. 콧노래도 좋고 흥얼거려도 좋지만 소리 내어 부르면 더 좋다. 그리고 사랑과 이별노래도 좋고 경쾌한 노래면 더 좋지만 영국의 낭만파 시인인 퍼시 비쉬 셸리의 말 '가장 달콤한 노래는 가장 슬픈 생각을 담은 노래이다'처럼 슬픈 노래도 좋다. 한 번에 한 곡은 적고 세곡만 불러보아라. 무반주 노래 부르기도 좋지만 반주가 있는 노래 부르기는 더욱 좋다. 반주는 휴대폰 유투브의 노래방을 활용하라. 생동감 있을 뿐만 아니라 음악가인 알프레드 윌리암 헌트의 말 '음악은 상처 난 마음에 대한 약이다'처럼 아픈 마음도 치유 될 수 있다. '돈키호테'를 쓴 세계적인 대문호 세르반테스의 말 '불은 빛을 주고 화덕은 따뜻함을 주지만 동시에 우리를 불태워 버릴 수도 있다. 그러나 음악은 우리에게 항상 기쁨과 흥겨움을 준다'처럼 음악, 특히 노래 부르기를 일상화 해보자.

철학자인 미국하버드대학 교수인 윌리엄 제임스의 말 '나는 행복해 지려고 노래하지는 않는다. 노래하기 때문에 행복하다'처럼 노래 부르기는 행복을 위한 또 하나의 삶의 지혜가 아닐까?

3-9

마음 다스리기

마음이란 무엇인가? 일반적으로 '정신'이라는 말과 같은 뜻으로 쓰이지만, 엄밀히 말해 '마음'은 '정신'에 비해 개인적이고 주관적 의미로, 심리학에서는 '의식'의 의미로 쓰이는가 하면, 육체나 물질의 상대적인 말로 '정신'과 '이념'의 의미이다. 한마디로 마음이란 지(知),정(情),의(意)로 대표되는 인간의 정신적 작용의 총체, 또는 그 중심에 있는 것, '정신'과 동의어로 쓰인다. 한자 마음심(心)은 심장을 딴 상형문자로 '마음'과 '심장'을 동일시하며, 영어 heart라는 단어도 '마음'과 '심장'의 의미로 쓰인다.

마음 다스리기는 결코 쉬운 일은 아니다. 그래도 힘들 때 힘이 되는 글귀를 마음속에 새기며 자신을 위로하고 편안한 마음을 갖기 위해 실천해 나가는 것은 유의미한 일이다. 특히 노년에 접어들면 보통 사람들은 지난날에 대한 후회와 아쉬움, 분하고 억울한 생각, 그리고 한 맺힌 사연들과 원망의 심리적 굴레에 빠져 쉽게 헤어 나오지 못하거나 궁핍과 외로움, 또는 병마와 싸워야하는 현실적 문제로 힘든 일상을 보내게 되어, 견디다 못해 죽음을 생각하거나 선택하는 경우도 있다.

그 해소책으로 명사(名士)들의 명언을 통해 마음 다스리기를 살펴보자. '하루하루 충실히 살라' 영국작가 조너선 스위프트의 말이다. 우리가 충실한 삶을 위해서는 무엇보다도 중요한 것은 마음 다스리기이다. 삶에 대한 의욕이 없거나 심리적으로 불안하면 하루가 무료할 뿐만 아니라 살아있는 의미가 없기 때문이다. 그러므로 나를 즐겁게 해주는 꺼리를 찾아 행(行)하는 것이 필요하다.

'알찬 하루를 보낸 후에는 행복하게 잠들 수 있다. 마찬 가지로 알찬 삶을 보내야 행복한 죽음도 맞이할 수 있다' 이탈리아화가 레오나드로 다빈치의 말이다. 해야 할 일에 최선을 다 하지 못하면 마음부터 무거운 법이다. 반면에 알찬 하루를 보내게 되면 행복한 잠을 자게 되어 숙면을 취해 다음날 상쾌한 하루를 맞이하게 된다. 알찬 시간을 보낸 다는 것은 업무, 노동, 운동, 독서, 취미생활 그리고 봉사활동 등 그 무엇이든 좋다.

'행복은 마음먹기에 달려 있다' 미국대통령 에이브러햄 링컨의 말이며 '행복은 자신에게 달려있다' 그리스철학자 아리스토텔레스의 말이다. 행복은 결코 멀리 있지 않으므로 자신의 발치에서 행복을 키워가야 한다. 똑 같은 일상을 보내어도 어떤 마음으로 하루를 보내느냐에 따라 다른 법이다. 긍정적인 생각, 현실에 만족하는 마음, 겸손하고 겸양의 태도, 그리고 원망하지 말아야한다. 인간은 행복하고자 하는 만큼 행복할 수 있다. 다시 말해 인간은 자신의 행복의 '창조자'인 것이다.

'일과 오락은 서로 다른 상황 하에 있는 동일한 것이다' 미국소설가 마크 트웨인의 말이다. 억지로 하는 일은 능률도 떨어질 뿐만 아니라 지루하고 긴 시간이 되어 삶의 의미를 잃게 된다. 그렇지만 좋아하는 일을 하거나 동기부여가 확실한 일은 에너지가 넘치고 즐거울 뿐만 아니라 시간가는 줄도 모른다.

'모든 사람에게 친절하고 많은 사람들을 좋아하고 특별한 몇몇 사람들을 사랑하고, 사랑하는 사람들이 나를 필요로 한다면 행복은 코앞에 있을 것이다' 미국 작가 메리 로버츠 라인하트의 말이다. 보통 우리들은 사람의 소중함을 알면서도 잊고 살아간다. 그러므로 가까운 주변사람들이 있다는 것을 감사해하며, 챙겨주기도 하고 함께 따뜻한 정(情)도 나눠야 한다.

인간의 삶에 영원한 것은 없다. 인간의 수명이 늘었다지만 대부분 백년도 채 살지 못한다. 더구나 요즘처럼 예측 불가능한 팬데믹(pandemic:세계적인 전염병의 대유행 상태)사태에는 삶에 위험이 노출되어 있다. 길건 짧건 남은 인생 하루라도 마음편안하고, 행복하고, 그리고 후회 없는 삶이 절실하다. 노년의 삶은 더더욱 그렇다. 거듭되지만 마음을 다스린다는 것은 정말 어렵다. 한자 다스릴 치(治)는 정치에서 보듯 어렵고도 어렵다. 어려운 '다스리기'보다는 순화된 우는 아이 달래기처럼 '달래기'가 더 나은 표현이자 방법일 것 같다. 고요히 생각하며 '마음달래기' 더 순화되고 자의적 의미 '마음 추스르기'야 말로 최우선해야할 삶의 지혜이다.

끝으로 한권의 책을 추천하고자 한다. 명상심리전문가 김혜령이 쓴 「내 마음을 돌보는 시간」으로, 이 책을 읽고 저자가 알려주는 대로 한 걸음 물러서서 감정과 생각의 흐름을 바라볼 수 있게 된다면 무엇보다도 소중한 내 마음을 지켜내는데 도움이 될 것이다.

3-10

언어폭력(言語暴力)

언어폭력이란 무엇인가?

'신체에 직접적인 폭력을 행사하는 것이 아니라 상대방의 정서나 감정 등 정신적으로 부정적인 반응을 불러일으키는 것'으로 놀림, 욕설, 엄포, 협박 등 단순히 말에 국한되는 것이 아니라 사이버댓글과 휴대폰 메시지도 포함된다. 성경 구절에 '혀에 맞아 죽은 사람이 칼에 맞아 죽은 이 보다 많다'처럼 나나, 내주위에서 얼마든지 일어날 수 있는 일이다.

언어폭력은 상처가 남지 않을 뿐, 신체 폭행과 결코 다르지 않다. 언어폭력이 남기는 고통은 신체폭력 못지않게 크며, 회복하는데 오랜 시간이 걸리거나 치유 불가능한 경우도 있다. 몽골 속담에 '칼의 상처는 아물어도 말의 상처는 아물지 않는다'는 말이 있다. 언어폭력 피해자는 서서히 현실 판단을 잃고 혼란에 빠지게 되며, 수치심이 유발되거나 자발성을 상실하고, 압박감에 자아상실에 이르기도 한다. 미국의 목사인 로버트 풀검은 '회초리와 돌멩이는 살을 헤지게 하고 뼈를 뿌러뜨리지만 말은 심장을 찢어놓는다'고 말한다. 한마디로 언어폭력 가해자의 입술은 예리한 면도날이며, 혀는 날카로운 송곳이고, 목구멍은 둔탁하나 날선 도끼가 되는 것이다. 특히 노년에 배우자에 대한 언어폭력은 상대의 영혼을 파괴시키는 폭거이자 만행이다. 한 가정을 꾸려 가는데 서로 공(功)과과(過)가 있기 마련이다. 어엿한 한 가정을 이룩하는데 분명 공은 많아도, 인간이기에 과도 얼마든지 있을 수가 있다. 그런데 공은 없고 과만 들추어내어 곱씹어 대며 인격모독과 비하의 말, 그리고 공치사 한다면 극악무도(極惡無道)한 짓이다. 때론 정점에 이르면 피해자의 행복이 가해자 본인의 불행이며, 피해자의 불행이 가해자 본인의 행복으로 여기는 경우도 있다. 영어속담에 '자신의 결함이 많은 자 일수록 상대의 작은 결함을 결코 용서하지 않는다'는 말이 있다.

언어폭력 가해자들의 특징들은 무엇이 있는가?

첫째, 짜증이나 화를 잘 내며, 무엇이 그를 화나게 하는지 전혀 알 수 없는 예측 불가능하고, 자신의 감정 폭발에 대해 상대를 탓한다. 둘째, 따뜻함이나 공감을 보이지 않고 감정이 강렬하여 상대를 통제해야 직성이 풀린다. 셋째, 피해자를 제외

한 다른 사람들에게는 '세상 좋은 사람'으로 보이지만 배우자나 연인을 경쟁자로 여기며, 질투심이나 집착이 강하다. 넷째, 상대를 깔아뭉개며, 무엇이든 비난한다. 마지막으로 상대를 자기마음대로 조정하려하고 적대적이다. 언어폭력 가해자의 주된 성향은 일련의 과정이 상대에게 억지 부리고 염장 지르거나 재뿌리기로 시작하여 오리발 내밀고 상대에게 덮어씌우기로 끝을 낸다.

언어폭력에 대한 지혜로운 대처법은 무엇인가?

사람들은 언어폭력에 노출되었을 때 당사자를 비판하는 것에 소극적이다. 그 이유는 '똑같은 사람'이 되기 싫다는 생각과 싸워서 발생하는 곤란한 상황이 귀찮기 때문이다. 그러나 언어폭력에는 반드시 단호하게 대응해야한다. 방법은 말이나 글을 활용하는 것이다. 단번에 해결되지는 않아도 적어도 나를 괴롭히는 상대의 지속적인 의지는 꺾을 수 있기 때문이다. 구체적 방법으로 첫째, 전문 상담사의 도움을 받거나, 가해자가 배우자라면 함께 상담 받을 것을 요청한다. 둘째, 무엇을 용납하고 용납하지 않을지 한계선을 정하고 과거에 얽매이거나, 미래를 걱정하지 말고, 지금 이 순간에 머문다. 마지막으로 언어폭력이 반복되면 그 자리를 떠날 수 있다는 사실을 말하고, 자신이 원하는 변화를 요구한다.

인생을 살아가기가 누구나 쉽지 않다. 우리는 하루하루 격려와 위로, 그리고 따뜻한 말 한마디가 절실한 남자, 여자 그리고 소년, 소녀들로 둘러 쌓여있다. 내 한 마디의 말과 행동이 상대에게 전하는 위력과 가치를 과소평가하고 간과해서는 안 된다. 우리나라 속담에 '말한 마디에 천 냥 빚을 갚는다'는 말이 있고, 카네기는 '성실하고 따뜻한 말 한 마디가 헛된 천사보다 낫다'고 말 했다. 이 두 인용은 말 한마디라도 함부로 해서 안 된다는 삶의 지침을 우리에게 제시해 주는 것이다. 성서 시편에 '여호와여 내입 앞에 파수꾼을 세우시고 내 입술의 문을 지키소서'라는 구절도 있다. 나를 지킬 수 있는 힘은 나에게서 나온다. 언어폭력에 대한 대처법을 스스로 찾아 슬기롭고, 그리고 단호하게 대처해야한다. 내가 언어폭력의 가해자인지, 피해자인지 따져보고 어떻게 해야 할지, 그 방법을 찾아 실행하는 삶의 지혜가 필요하다.

3-11

분노(憤怒)

분노란 무엇인가?

'분노란 분개하여 성을 냄, 노기(怒氣)'라는 말이며 '자신의 욕구 실현이 저지당하거나 어떤 일을 강요당했을 때, 이에 저항하기 위해 생기는 부정적인 정서 상태'를 의미한다. 일반적으로 자신의 이익을 침해당하거나, 손해를 강요당하거나, 또는 위협을 당하거나 등 여러 불합리한 상황에서 생길 수 있다. 기독교에서는 '분노를 품는 것을 죄악'으로 여기며, 가톨릭에서는 '7대 죄악중 하나로 7대 주 선(善)의 인내와 반대 개념'으로 보고, 불가에서는 '악행의 근본으로 제거해야 한다'하며, 유가에서는 '칠정(七情)의 하나인 노(怒)로써 분노는 참아야 한다'고 한다. 미국작가인 셰리 스콧은 '분노는 당신을 더 하찮게 만드는 반면, 용서는 당신을 예전보다 더 뛰어난 사람으로 성장하게 한다'고 말한다.

분노는 어떻게 표출 되는가?

분노의 표출은 다양한 형태로 일어난다. 첫째, 책상이나 벽을 주먹으로 치거나, 온갖 집기들을 걷어차는 등 신체행위로 표출하며 극단적인 경우 자살로 이어 지기도 한다. 둘째, 목소리가 커지고 흥분하는 등 감정이 격앙되기도 한다. 셋째, 두통, 화병, 과민성 대장 증후군, 고혈압, 뇌졸중, 심장질환 등 신체의 고통으로 전이되기도 한다. 넷째, 어떤 사람에게 자신이 당한 부당한 행동을 엉뚱한 다른 이 에게 똑같은 형태로 풀어내는 행동, 또는 과거에 당한 부당한 사회 악습을 같은 형태로 나중에 가하는 보상심리가 행해 질 수도 있다. 마지막으로 분노의 대상에게 정신적, 육체적 보복으로 이어져 본인은 물론이고 상대에게도 비참한 종말로 끝이 나기도한다.

분노를 조절하는 방법들은 무엇이 있는가?

다양한 가설과 모델들이 있지만 문제 중심적 대처나 인지(認知)적 재평가를 하는 것이 좋은 분노의 방법인데 냉정하고 객관적으로 보아야 한다. 정신분석학의 관점에서는 승화(昇華)라는 방어기제를 활용할 것이 권장되어 복싱이나 드럼 등으로 분노를 해소할 수도 있다. 구체적 방법들로 첫째, 빨리 잊어야 한다는 생각도 하지 말고, 꼭 기억해야 한다는 생각도 하지 말아야 한다. 한마디로 강박관념을 버려야 한다. 둘째, 누구나 겪을 수 있는 일인지, 자신이 잘 못해서 일어 난 일인지 역지사지

(易地思之)의 심정으로 생각해 보아야한다. 셋째, 분노를 잊을 만한 다른 취미나 관심거리를 찾아본다. 넷째, 위로 받을 곳이 없으면 분노는 오래 가는 법. 자신의 입장을 이해하고 위로해 줄 사람에게 하소연 해 보거나 전문가의 상담을 받아본다. 마지막으로 분노유발자가 있다면 그 사람에 대한 모든 부정적 사실들을 자신에게 토로해 보거나 마음속으로 험담을 하든, 글로 써보는 것도 좋지만 반드시 그 이후 깔끔하게 잊어야 한다.

달라이라마의 「인생론」에 의하면 '사람들이 화가 나거나 분노하는 마음이 생길 때 남 탓으로 돌리고 상대방을 비난한다. 그러나 사실은 상대방이 아니라 전적으로 자신의 마음이 만들어 낸 것이고, 상대는 어떤 영향도 미치지 않은 경우도 있다. 결국 분노를 일으키는 것도, 가라앉히는 것도 자신의 마음이 하는 일이다'고 말한다. 사람들은 나름대로 분노하는 대상들이 있다. 특히 노년이 되면 한(恨)과 분노하는 것들이 크건, 작건 누구나 다 가지고 있다 해도 과언이 아니다.

분노는 자신의 영혼이 상처 받았다는 의미이며 타인과 세상에 실망감을 느꼈다는 뜻이기도 하다. 모든 감정이 다 그렇지만 분노도 무조건 없애려고 하지 말고 분노라는 감정을 느끼는 이유와 그 안에 담긴 욕구를 충족 시켜야 한다. 그러려면 우선 내가 느끼는 분노가 정당한가? 모멸감을 느끼고 부당한 이유로 자존감에 상처입고 고유한 나의 권리를 침해 당했는가? 과도한 감정에 몰입되지 말고 냉정히 따져 보아야 한다. 설사 분노를 폭발 시킨다 해도 순간의 카타르시스(catharsis: 마음의 정화)일 뿐, 직후에 오는 허무감과 공허감은 그대로 인 법이다. 영국의 시인 알렉산더 포프는 '분노하는 것은 타인에 대한 보복을 자신에게 가하는 것이다'고 했고, 인도의 정치지도자 간디는 '분노는 산(acid:酸)과 같아서 퍼붓는 대상보다 그것이 담긴 그릇에 더 큰 피해를 줄 수 있다'고 말했다. 분노를 스스로 다스리고 승화 시키는 일, 삶의 지혜 중 중요한 하나가 아닐까?

끝으로 부처님말씀을 인용한다. '분노에 집착하는 것은 누군가에게 던지기위해 뜨거운 숯덩이를 움켜쥐고 있는 것이나 마찬가지이다. 불에 데는 것은 너 자신이다.' 마음에 새겨둘만한 가르침이다.

3-12

배신(背信)

배신, 배반(背反)의 사전적 의미는 무엇인가? '당연히 지켜야 할 믿음'이나 '의리 등을 저버리는 것'이 배신이고 배반이다. 여기서 믿음은 사실이나 사람을 믿는 마음을 말하고, 의리는 사람과 사람의 관계에서 지켜야할 도리이다.

'배신'은 그 행위의 결과가 드러나기도 하고 드러나지 않을 수도 있지만 '배반'은 완전히 돌아서 버린 것을 말한다. 신의를 저버리는 나쁜 행위를 보다 실천적, 구체적으로 드러내는 것이 '배반'이다. 우리네 세상살이에서 사람의 심사를 가장 아프게 하는 것, 나쁜 것 중에서도 가장 나쁜 것이 '배반'이다. 세계적인 베스트셀러 파울로 코엘료가 쓴 「연금술사」에서 '낙타는 사람을 배신하는 짐승이라서, 수 천리를 걷고도 지친 내색을 않다가 어느 순간 무릎을 꿇고 숨을 놓아버린다. 우리는 모두 누군가의 낙타들이다'고 하며, 배신을 중요한 주제로 다루었던 세계적인 대문호 셰익스피어는 '배반당하는 자는 배반으로 인해 상처를 입지만, 배반하는 자는 한층 더 비참한 상태에 놓이게 마련이다'고 말했다.

'배신이란 두터운 관계에 있는 사람에게서 신뢰라는 접착제를 떼어내는 것이다'고 세계적인 철학자 아비샤이 마갈릿은 말했다. 우리는 살아가면서 '배신'을 수없이 접한다. 배신은 영화나 드라마의 단골 소재이기도 하며, 현실 속 정치·경제 • 사회·역사적 사건에도 자주 등장한다. 여기에 그치지 않고 배신을 직접 겪거나 주변사람들의 경험을 듣기도 한다. 그렇다면 무엇이 배신인가? 배신에 대한 판단은 왔다 갔다 해서 사실 별로 신뢰할 수가 없다. 대부분의 사람들이 정의로운 '내부고발자'라 해도 누군가나, 어느 조직의 눈에는 중상모략가이거나 배신, 배반자이지만 때로는 대중의 눈에는 양심선언자나 영웅으로 보이기도 한다.

진정한 의미의 삶을 개개인의 인간 존재가 아니라 사람과 사람의 '정신적 유대'에서 찾으려 했던 프랑스 소설가 생텍쥐 페리는 '좋은 인간관계는 거저 만들어 지는 것이 아니라 공통된 많은 추억, 함께 겪은 많은 괴로운 시간, 많은 어긋남, 화해, 마음의 격동 등으로 이루어지는 것이다.'라고 말했다.

세계의 지성 중 한사람인 생물학자 리처드 도킨스는 「이기적 유전자」에서 '생물체는 이기적 유전자를 갖고 태어났기 때문에 불안정한 상황에 처하게 되면 그 상황을 벗어나기 위해 배신을 선택하여 안정을 추구하기 마련이다.'라고 했다. 배신은 한 인간이나 인류에 아픔을 주지만 때로는 발전을 위한 자양분이 되기도 한다. 배신은 성숙단계에서 변신의 일환일지도 모른다. 그러므로 배신은 나쁘기도 하지만 때로는 좋을 수도 있다. 배신은 인간세상이 관계의 연속인 이상 다반사로 일어날 수밖에 없다. 그래서 배신을 당하지 않으려면 배신이 일어나지 않도록, 배신이 발생하면 감내할 수 있도록 준비하는 수밖에 없다. 우리네 인생의 인간관계에서 깨지 말아야할 중요한 세 가지에는 신뢰, 약속, 마음이다. 이것들은 우리가 무언가의 그리고 누군가의 일부라고 느끼게 해주며 우리의 성장 열쇠이기도 하다. 그래서 이들이 무너지면, 인간관계는 더 이상 지속되기 어렵다.

배신의 종류에는 여러 가지가 있다. 그 중에서 셰익스피어의 대사처럼 '사업이나 권력, 사랑이 개입될 때' 우정은 대개 깨진다. 그리고 가족관계인 부모 자식 간이나 동기간 끼리에서도 있을 수 있지만, 가장 뼈아픈 것은 배우자의 배신이다. 특히 힘없고, 돌이킬 수 없는 것이 현실인 노년에 당했을 때는 그 비애감을 어디에 견줄 수 있으랴? 배우자의 배신은 꼭 부정한 짓을 저질러야만 하는 것인 아닌, 젊은 시절 가족들을 위해 헌신적인 노력에도 불구하고 평가절하하고 당연시 하며 공을 인정해 주지 않고, 내 공까지도 빼앗아 본인의 공치사로 일관할 뿐만 아니라 큰 것은 말할 것도 없고, 소소한 물건 하나라도 본인의 것으로 챙기는 행위이다.

노년에 배우자의 정신적 배신을 이겨내는 삶의 지혜, '상대가 내게 돌멩이를 던졌는데 바위로 맞은 것처럼 느껴져도 모래로 맞은 것'처럼 느끼고, 반응하는 자세가 필요하다. 왜냐하면 그래야만 내 노후가 그나마 편안하고, 나를 지킬 수 있기 때문이다. 내가 나를 지키지 않으면 누가 나를 지켜주겠는가?

끝으로 법정스님 말씀을 인용한다. '인연으로 피해를 보는 것은 진실 없는 사람에게 진실을 쏟아 부은 대가로 받는 벌(罰)이다' 수많은 만남 중 부부의 만남도 인연이자 운명이다. 공감이 가는 명언이다.

3-13

후회(後悔)

후회란 무엇인가? '이전에 자신이 내린 결정이 잘못된 것이라고 느끼는 감정으로, 과거에 잘못된 일을 두고두고 생각하면서 한탄하는 행위'를 의미한다. 미국의 정치가 캐롤 터킹턴은 '절대 후회하지 마라. 좋았다면 추억이고 나빴다면 경험이다'고 말했고, 영국의 정치가 벤저민 디즈레일리는 '청년기는 대실수, 장년기는 투쟁, 그리고 노년기는 후회이다'고 말 했다.

이미 일어난 일에 대한 후회는 현재에 아무런 영향을 주지 못하며 그 특성상 멈출 수 없이 계속하게 된다. 후회는 과거의 어떤 선택에 대해 '그때 만약 이렇게 했더라면'이라는 생각을 반복하는 상태이다. 그러나 끊임없는 후회는 독과 같다. 후회를 하다보면, 계속 생각이 반복되는 무한 고리에 빠지게 되는데, 이렇게 되면 결국 자신만 정신적으로 피폐해지는 결과를 낳게 된다. 적절하고 건설적인 후회와 자기반성은 지혜를 배우는 학교로 발전 지향적일 수 있다. 페르시아 속담에 '과거를 후회하지 말라. 후회한다고 무슨 소용이 있는가? 거짓은 후회하라고 말하는 반면, 진실은 사랑으로 가득한 생활을 하라고 말한다. 슬프고 좋지 않은 기억은 모두 잊어라. 사랑의 빛과 우리들에게 주어진 모든 것들의 빛 아래서 살아라'고 한다.

우리네 인생은 선택의 연속이다. 외식 메뉴를 고르는 사소한 것부터 전공이나 직업을 정하는 것, 특히 인생의 행복을 결정짓는 가장 중요한 요소들 중 하나인 배우자까지 우리는 늘 선택에 직면해 있다. 그리고 그 선택에 따라 삶의 형태가 달라지기도 한다. 그러나 확률적으로 자신의 선택결과에 다 만족할 수는 없다. 즉, 선택은 '후회의 가능성'을 항상 동반하고 있다. 그런데 인생이란 묘하게도 '잘한 일'이 '잘못한 일'로 뒤집히는가 하면 '후회한 일'이 '현명한 결정'으로 바뀌는 경우도 있다. 대체로 후회란 일시적인 감정일 때가 흔하다. 불요파(不要怕) 불요기(不要棄) 불요회(不要悔)란 말이 있다. '두려워하지 말고, 포기하지 말고, 후회하지 말라'는 말이다. 이 아홉 글자야 말로 인생을 살아가는 좌우명으로 삼을 만 하다.

대개 후회의 이유는 그 당시 내가 알고 있었던 것을 하지 못했기 때문이다. 아니면 주변 사람의 소중한 조언을 듣지 않았을지 모른다. 결국 노력, 용기, 간절함의 부족일지 모른다. 자신의 목숨을 다 바칠 정도로 최선을 다했다면 결과와 상관없이 우린 스스로 떳떳할 수 있다. 만약 그렇게 하지 않았다면 후회할 필요가 없다. 당연한 것이기 때문이다. 했어야 할 것을 하지 않은 것이다. 열심히 살지 못했으며, 겁먹고 도전하지 못했으며, 절실하게 목표를 향해 달려가지 못한 것이다. 이는 잘잘못의 문제가 아니라 내가 한 만큼의 결과를 맞이해야 한다. 그러므로 후회할 일이 아니라 순응하고 다시 시도해 봐야 한다.

그렇다면 후회하지 않는 방법은 무엇이 있을까? 첫째, '과거 속의 그때할걸'이라고 말 하는 것을 오늘부터 실행하자. 둘째, 자신이 하고 싶은 것을 뒤로 미루지 말고 지금 하자. 셋째, 결과에 대한 후회 안할 자신이 있다면 과감하게 도전하자. 넷째, 이것이 내 삶에 해가 되는 일이라면 과감하게 던져 버리자. 마지막으로 선택과 모든 가치 기준을 오직 자신의 행복에 두자.

우리는 크건, 작건 후회와 함께 인생을 산다. 후회의 종류에도 각인각색 수많은 것들이 자신의 이상과 가치관에 따라 천차만별 다르겠지만, 대체로 가장 흔할 법 같은 세 가지를 꼽아본다면 첫째, '학창시절 더 열심히 공부 했더라면, 그리고 좀 더 나은 학력과 학벌을 가졌더라면' 둘째, '부모님 살아생전 좀 더 효도 했더라면' 마지막으로, 초혼인 경우 '부모 형제 반대하는 결혼 안했더라면', 자식들이 장성해서 재혼인 경우 '자식들 반대하는 결혼 안했더라면' 일 것이다. 이중 현실에서 가장 절실한 것은 배우자 선택일 것이다. 인간의 궁극적 목표는 행복이다. 특히 노년까지 그 행복을 함께 지켜가는 것은 배우자 말고 그 무엇이 있겠는가? 부모는 오랜 삶의 내공으로, 자식들은 한 가족 전체 구도에 대한 냉철한 판단으로 반대 한 것이다. 인생에서 결코 돌이킬 수 없는, 후회 없는 선택, 배우자 결정, 삶의 지혜가 필요하다. 왜냐하면 아무리 성공했다 해도 가정이 화목하지 못하면 다른 모든 것이 물거품에 지나지 않기 때문이다. 영어 속담에 '끝이 좋아야 모든 것이 좋다'처럼 우리 인생은 노후가 편안해야 성공하고 행복한 삶이기 때문이다.

3-14

용서(容恕)

용서란 무엇인가? '지은 죄나 잘못한 일에 대하여 꾸짖거나 벌하지 아니하고 덮어준다는 의미'로, 우리에게 부당한 해를 입힌 사람에게 분개, 부정적 판단, 무관심함을 포기하고 그를 향해 연민, 관대함, 심지어 사랑하는 마음을 품기도 한다. 파울 뵈세는 '용서는 과거를 변화 시킬 수 없다. 그러나 미래를 푼푼하게(옹졸하지 아니하고 시원스러우며 너그럽게) 한다'고 했고, 셰익스피어는 '용서는 하늘에서 내리는 보슬비처럼 온다. 이는 용서를 하는 자 뿐만 아니라 받는 자에게도 축복이다'고 했다.

톨스토이는 '그대에게 잘못을 저지른 사람이 있다면 그가 누구이든 그것을 잊고 용서하라. 그때 그대는 용서한다는 행복을 알 것이다'고 했다. 수많은 사람과 인간관계를 맺으며 인생을 살아가는 동안 우리는 상처를 주기도하고, 상처를 입기도 한다. 대체로 사람들은 자신이 타인에게 준 상처는 기억하지 못해도 남들이 자신에게 준 상처는 오래간다. 상처의 깊이가 크면 원한이나 미움, 증오, 복수심 등과 같은 이름으로 상흔(傷痕)이 남아 평생을 따라다니며 괴롭힌다. 혹자는 '용서는 인간이 할 수 있는 가장 위대한 일이다'고 하지만 타인이 나에게 한 잘못을 용서한다는 것은 결코 쉬운 일은 아니다. 특히 사랑하거나 존경하는 누군가에게, 그리고 과거 역사적 큰 사건으로 상처를 받았을 경우 용서는 더욱 어렵다.

벤자민 프랭클린은 '세상에서 가장 어려운 세 가지는 비밀을 지키고, 용서하고, 시간을 최대한 활용하는 것이다'고 했다. 그렇기 때문에 용서는 그만큼 더 숭고한 것이다. 그럼에도 불구하고 우리가 용서를 배우고 실천해야하는 것은 바로 나를 위해, 그리고 모두를 위해 용서는 큰 힘을 발휘한다. 용서는 새로운 나, 새로운 관계로 나아가는 새로운 방법이며, 상처를 잊는 것이 아니라 상처의 기억이 나의 삶을 지배하지 않도록 하는 것으로, 변화를 위한 나의 적극적인 '의지'에 달려있다.

부처님 말씀에 '원한을 품는 것은 다른 사람에게 던지려고 뜨거운 숯덩이를 손에 쥐고 있는 것과 같다. 화상을 입는 것은 바로 자신인 것이다'고 했다. 용서는 잘못을 한 상대방을 위해서가 아니라 바로 나 자신을 위해 실천해야한다. 왜냐하면 남을 용서하는 과정을 통해서 심리적으로 자신이 먼저 치유되어

내 마음에서 용서 받아야할 사람, 그리고 그 과오를 놓아줌으로써 나 자신을 자유롭게 해방 시킬 수 있기 때문이다. 용서는 남을 위해 베푸는 이타적 마음인 동시에 자신에게 베푸는 사랑이다. 용서란 잘못을 잊어버리는 망각이 결코 아니며 타인에게 베푸는 자선도 아니다. 어찌 보면 타인의 잘못으로부터 내가 자유로워 지고자하는 정신적 날갯짓이자 비상(飛上)인 것이다. 집착에서 벗어나 자유로워지고 스스로가 홀가분하게 정신적, 평화와 발전 할 수 있는 것, '정신적 구원'이다.

데미언 부카이는 용서하는 사람들이 얻는 혜택에 대해 '상처받은 후에, 평화를 얻고 자유와 심리적 균형을 얻는 방법은 용서하는 것이다. 그래야 상처를 치료하고 우리를 마비시키는 증오와 분노를 막을 수 있다'고 했다. 분노는 엄청난 힘을 갖고 있으며 자생력이 있다. 분노가 강렬하고 우리의 삶에 오래 머무르게 되면 끝내는 우리를 마비시켜 무기력하게 만들어 버린다. 이것은 곧 우리의 정서적 삶을 제한하고, 앞으로 나아가는 것을 방해하지만, 용서는 내 마음속에 가득 담긴 화가 녹아내리고 상처와 모욕이 씻겨 내려 우리를 자유롭고 더 나은 사람으로 만든다.

용서는 하는 사람이나 받는 사람 모두에게 결코 쉬운 일은 아니다. 용서를 구하는 사람은 자신의 실수를 인정하고, 반복하지 않겠다고 다짐해야 하며. 그리고 용서하는 사람에게는 고귀함, 관대함, 타인의 약점에 대한 이해가 필요하다. 생활의 지혜, 누군가에게 받은 상처에 용서가 주는 혜택을 누리기 위한 '주저 없는 실행, 실천'이 필요하며. 누군가에게 상처를 주었다면 삶의 지혜 중 가장 위대한 '사과' 또한 필요하다.

그런데 여기서 의문점이 하나 생긴다. 용서받아야할 당사자가 잘못을 인정하고 진정한 반성과 사과는 커녕 미안한 마음조차도 없이 합리화하고 궤변을 늘어놓을 뿐만 아니라 심한 경우 본인은 '하늘을 우러러 부끄러움 한 점 없다.'고 일관되게 부르짖는 뻔뻔함의 극치를 보이는 데도 내 마음의 평화를 위해 용서를 해야 한단 말인가? 그 대답은 각자의 판단과 결정에 맡기고자 한다.

3-15

운명과 음양오행-사주팔자

운명이란 무엇인가?

'인간을 포함한 모든 것을 지배하는 초인간적인 힘, 또는 앞으로의 생사나 존망에 관한 처지, 다시 말해 인간을 포함한 우주 일체가 지배를 받는 것이라 생각할 때 그 지배하는 필연적이고 초인간적인 힘, 또는 그 힘에 의하여 신상에 닥치는 인간의 길흉화복'을 의미한다.

음양오행이란 무엇인가?

'우주나 인간의 모든 형상을 음과 양의 두 원리의 소장(消長: 쇠하여 사라짐과 성하여 자라감)으로 설명하는 음양설과 이 영향을 받아 만물의 생성소멸을 목(木), 화(火), 토(土), 금(金), 수(水)의 변전(變轉:이리저리 달라져 변함)으로 설명하는 오행설을 함께 묶어 이르는 말'로 음양이란 사물의 현상을 표현하는 하나의 기호에다 모든 사물을 포괄, 귀속 시키는 것이다. 오행이란 우주만물을 형성하는 원기(元氣:타고난 기운), 곧 목, 화, 토, 금, 수를 이르는 말인데, 이는 오행의 상생과 상극의 관계를 가지고 사물간의 상호관계 및 그 생성의 변화를 해석하기위한 방법론적 수단을 응용한 것이다.

사주팔자란 무엇인가?

사주란 '사람이 태어난 연월일시의 네 간지(干支), 또는 이에 근거하여 사람의 길흉화복을 알아보는 것'이다. 그런데 같은 사주로 태어났어도 시대배경, 환경, 집안내력, 특히 부모가 어떠한지에 따라 달라질 수 있다. 또한 내륙, 물가, 더운지방, 추운지방, 유복한 가정, 가난한 가정이라는 환경적 차이가 삶에 변화를 주기도 한다. 그리고 팔자란 '한사람이 타고난 일평생의 운수를 가리키는 것'으로 사람이 태어난 연월일시를 간(干)과 지(支)로 표기한 여덟 글자이다.

그렇다면 사주 명리학은 무엇인가?

'사주에 근거하여 개인의 생년월일시를 분석해 나무(木), 물(水), 불(火), 쇠(金),흙(土) 다섯 가지 기운의 상생과 상극 관계로 길흉화복을 따지는 것'으로 생년월일의 간지 여덟 글자에 나타난 음양과 오행의 배합을 보고, 그 사람의 부귀와 귀천, 부모형제, 질병, 직업, 결혼, 성공, 길흉 등의 제반사항들을 판단한다.

먼저 사주를 잘 타고 나야한다. 그다음으로 팔자다. 사주야

어쩔 수 없다 쳐도 팔자는 자신의 노력여하에 따라 바꿀 수 있다. 초등학교 때 공부 잘한 사람은 중학교에 와서도 수월하게 성적이 잘 나온다. 그러나 초등학교 때 공부 못한 사람은 중학교에 와서 공부 잘 하려면 피나는 노력이 필요 하다. 사주라는 '전생의 성적표'에 의해서 현생의 삶이 영향을 받는 다는 것이다. 그렇다면 팔자를 고칠 수 있는 방법은 무엇일까? 동양철학 사주명리학자 조용헌교수의 말에 의하면 첫째는 독서, 둘째는 명상, 셋째는 적선, 즉 남을 돕는 것, 넷째는 동양의 풍수지리(서양의 생활과학), 다섯째는 지명(知命), 즉 자신의 운명, 사주팔자를 아는 것이다. 독서는 운명을 바꿀 수 있는 가장 보편적인 방법이며, 명상과 기도는 안색과 눈빛을 맑게 한다. 그리고 팔자 고치는 가장 확실한 방법 중 하나가 바로 남을 돕는 것, 적선이다. 그런데 적선은 남에게 베푸는 것뿐만 아니라 용서와 배려도 포함된다. 풍수지리, 생활과학이란 배산임수, 양택(陽宅:집터), 화장이 대세인 오늘날은 거리감이 느껴지는 음택(陰宅:묘터), 가구위치와 같은 집안 인테리어, 출입문위치나 방향 등이다. 끝으로 자신의 운명, 사주팔자를 아는 것인데, 때를 아는 것이 팔자의 핵심이다. 때를 알면 그만큼 시행착오를 줄일 수 있고 성공률이 높은 법이다. 사주팔자를 알고 나쁜 것은 더 조심하고, 좋은 것은 더 힘써야한다. 그리고 운칠기삼(運七技三)이란 말처럼 그 사람의 불굴의 의지와 피나는 노력이 절대 필요하며, 더불어 훌륭한 부모, 스승, 친구를 만나는 것도 중요하다.

사주 명리학을 보통 사람들은, 특히 일부 종파들에서 미신으로 치부하기도 하지만, 이것은 우리 동양의 사상, 철학이며 통계학이고 자연의 이치에 근거한 학문으로 조상님들이 우리에게 물려주신 유산이자 문화이다. 요즈음 아이들이 태어나면 부르기 편한 이름으로 짓기도 하지만 태어난 생년월일시에 오행이 빠짐없이 적절하게 분포 되어 있는지, 그렇지 않다면 한자(漢字) 이름에라도 오행 중 빠진 자(字)를 넣어 주자. 또한 자녀들이 결혼할 때 남녀 서로의 오행이 적절하게 분포되어 있는지, 만약 한쪽이 오행 중 빠져있는 것이 있다면 상대 쪽에 그것이 있는 것이 바람직하다. 왜냐하면 부부는 서로 부족한 것을 채워 주는 보완 관계이기 때문이다. 이 두 가지 경우만이라도 자녀들을 위해 결코 간과하거나 소홀하지 않는 것이 부모나 조부모의 삶의 지혜가 아닐까?

생활 속 지혜

초판인쇄 2021년 1월 20일
초판발행 2021년 1월 20일

지은이 문재익
펴낸이 채종준
펴낸곳 한국학술정보㈜
주소 경기도 파주시 회동길 230(문발동)
전화 031) 908-3181(대표)
팩스 031) 908-3189
홈페이지 http://cbook.kstudy.com
전자우편 출판사업부 publish@kstudy.com
등록 제일산-115호(2000. 6. 19)

ISBN 979-11-6603-284-4 03810